キスはあなたと

サラ・クレイヴン 作

ハーレクイン・プレゼンツ 作家シリーズ 別冊

東京・ロンドン・トロント・パリ・ニューヨーク・アムステルダム
ハンブルク・ストックホルム・ミラノ・シドニー・マドリッド・ワルシャワ
ブダペスト・リオデジャネイロ・ルクセンブルク・フリブール・ムンバイ

THE TOKEN WIFE

by Sara Craven

Published by Harlequin Japan,
a Division of K.K. HarperCollins Japan, 2020

サラ・クレイヴン

イングランド南西部サウス・デボン生まれ。学校を卒業後、ジャーナリストとして働いたのち、1975 年に『バラに想いを』で作家デビューした。40 年以上にわたって活躍し、93 作品を上梓。ロマンス作家協会の会長も務めた。陰影のある独特の作風で読者の心を揺さぶり続けたが、2017 年 11 月、多くの人に惜しまれつつこの世を去った。遺作は『恋も愛も知らないまま』(R-3364)。

プロローグ

機嫌を損ねるとアレックス・ファビアンは全身から静電気のような怒りを放射し、用心深い人々は彼に近づくのを避ける。

祖母の住むホーランドパークの家を訪れた彼は嵐《あらし》を暗示するようにぱちぱちと音をたてかねない様子だったが、子供のころから知っている年配の執事を見てかすかにほほえんだ。

「バーニー、元気かい？　ミセス・バーンズは？」

「おかげさまで元気です。ご主人様はまだ階上《うえ》ですが、ミスター・ファビアンが客間でお待ちです」

「お父さんが？」アレックスは眉を寄せた。「お祖《ば》母《あ》様とは絶縁状態のはずなのに？」

「仲直りなさったんです。先週」

「そうか」アレックスはコートを脱ぎ、金縁の大きな鏡に映る自分の姿を鋭い視線で確認すると、大またでホールを歩き、客間に続く両開きの扉を開けた。

床屋に行くべきだったかな、と彼はいらだたしげに襟にかかるほど伸びた黄褐色の髪を手ですいた。

チャコールグレーのスーツにグレーのシルクのベスト、真っ白なシャツ、細いストライプのネクタイという服装は、今夜の訪問が特別の意味を持つことを物語っている。彼が祖母に呼ばれたということを。

唇を引き結んだ表情や、心に秘めた感情のせいでくすぶったように見える緑の瞳が、今夜の招集に対する疑問を問わず語りに示している。

客間に足を踏み入れた彼は、暖炉の脇《わき》のソファで新聞を読んでいる父のジョージ・ファビアンに気づいた。「やあ、アレックス。好きなものを飲んで待っているように、というお達しだよ」

「それはどうも。でもまだアルコールには早すぎる時間ですね」彼は腕時計に目をやった。「今夜の招待は、夕食なのかそれともお茶なのか、どちらかな、と思っていたんだけど」

「さあ、お祖母様に直接きくんだね。私は招集をされたほうなんだから」

「なんのために？」アレックスは暖炉に近づき、磨かれた高価そうな靴で、燃える薪《まき》を不満げに蹴《け》った。

「誕生日のことで相談があるんじゃないかな。もっともそれ以外にも何か話があるようだが」

「それ以外のことというのがなんなのか、僕がきくのは許されるのかな」

ジョージは無表情のまま息子を見た。「お前がペリンズ銀行の次期頭取になることについて、話しておきたいことがあるようだよ」

沈黙ののち、アレックスは少し不遜《ふそん》に言った。

「経営の才覚を疑われるとは、意外だな」

「私の知る限りでは……」ジョージは新聞を脇に置いた。「問題なのはお前のイメージだ」彼は考え込むように唇を固く結んだ。「妙な新聞に写真が載りすぎだ。ゴシップ欄にもね。しかも複数の女性と」

「ペリンズで働くには禁欲主義者でないといけないなんて、知らなかった」軽い口調だがマントルピースを叩《たた》く指先がいらだちを物語っていた。予想されたことではあるが、その話はやはり不愉快だった。

「それだったら考えを改めることだ。ペリンズは古い銀行で経営陣も保守的だ。いらぬ噂《うわさ》が飛び交うお前のような人間は好まれない」ジョージは首を振った。「顧客が信頼できる人間であってこそトップに立つ資格がある。プレイボーイはだめだ。お前は野心家だが、あまり多くを望みすぎると太陽の熱で羽が溶けたイカロスのように墜落するぞ」

「ご忠告感謝します」アレックスは慇懃《いんぎん》無礼に言った。「僕に説教しろとお祖母様に言われたんですか、それとも、お父さんご自身の言葉ですか？」

父はため息をついた。「そうかりかりするな。父親として心配する権利はあるはずだ。せっかくの将来を棒に振ってほしくないからね」

「最悪の場合、銀行はほかにもありますよ」

「それはそうだ」彼は息子をじっと見た。「だがあまり熱くなるとどこでも敬遠されるぞ」

アレックスは間を置いてから静かに言った。「せっかくだからお酒でももらうか」それからサイドテーブルの上に並んだデカンタの中からシングルモルトのウイスキーを選んでグラスに注《っ》いだ。「で、どんな噂が飛んでいるんです？」

「いろいろだ。今度の閣僚入れ替えでピーター・クロスビーが入閣するらしいな」

アレックスの体がこわばった。「それで？」

「マスコミは彼のねたに飛びつくということだ」ジョージは手にしているウイスキーを飲んだ。「デイリー・マーキュリー紙が彼の妻をマークしているという情報が入ってきた」

前よりも長い沈黙のあと、アレックスは感情のこもらない声でひと言だけ言った。「そう」

「しかも、クロスビーは弁護士に相談しているらしい。妻に探偵をつけ、盗聴まで考えている、という情報もある。子供もないし、せっかくの昇進の邪魔ばかりしているような妻は、いかに美人でも別れたいと考えているのかもしれない。彼女の相手はお前だけではないんだぞ」

「わかっていますよ」アレックスの声は冷たかった。

「彼はやられたらやり返さずにおかない男だ。事を荒立てずにすんなり離婚するはずがない」ジョージはじっと息子を見た。「相手の名を汚す気だ」

「ゴシップをまき散らすやつらは、ほかにすることがないんですかね」そう言ってウイスキーをあおる。

「だがそれなりの利点はある。マスコミに感謝することだ。離婚劇に巻き込まれてからでは遅かった。ペリンズの頭取として承認されるはずがないぞ」

「感謝する気分じゃないですけどね」

「ルシンダに本気でほれたんじゃないだろうね」

「とんでもない。僕が本気でほれる女がこの世に存在するかどうかさえ疑っているのに」アレックスはセクシーで美人のシンディとの情事を楽しんではいたが、どのみちそろそろ潮時だと感じていた。人妻相手の浮気はあまり趣味ではなかったのだ。彼は無表情のまま父を見た。「ほっとしましたか？」

「話はまだあるんだ。お祖母様から戦争前に南アフリカに行ったいとこの話を聞いたことがあるか？　アーチー・メイドストーンという名の」

「一時期お祖母様と仲がよかったのに、不祥事を起こしてこの国から出ていかなければならなくなったという人ですか？」

「そうだ。ペリンズで働いていたが金を使い込んだ。親族が結束して損失は埋め合わせたが、彼は二度と英国に戻るなと言い渡された」

「それなら、もうずいぶん年なんだろうな」

「いや、亡くなった。だがその孫が今、イギリスに来ている。お祖母様に好印象を与えたようだ。週末にローシャンプトンに招待されたくらいだからね」

アレックスは突然関心を示した。「それで？」

「彼は結婚している。その男を改めて誕生日に招待したそうだ。彼の奥さんにもローシャンプトンを見せたいということらしい」

「それはいったいどういう意味です？」

「お前が思惑どおりあの家を相続できるかどうか、疑わしいということさ」父はぶっきらぼうに言った。

「競合相手の出現ということだ」

「孫は僕一人だ。あの家は僕に継がせるとお祖母様は前から言ってるのに、それが怪しくなったと？」

「さあ。だがお祖母様がその男を気に入ったことは事実だ。しかも彼は家庭を持っている。その男と比べられたらお前が不利なのは仕方がないことだ」

アレックスは唇をきっと結んだ。「わかりました」

彼は壁にかけられた、祖母の八十歳の誕生日祝いとして描《か》かせた水彩画を見た。古木に囲まれてたたずむ優美な灰色の石造りの館《やかた》。芝生には日光が帯のように差し、遠くにせせらぎが光っている。

そこで過ごした幸せな日々を思うと、痛みにも似た感傷が彼の胸を刺した。子供のころから変わらない館は、彼にとって安全と安定の象徴だ。彼の中で、それは時がたっても変わらない神聖なものだった。将来は自分が主人として住むはずのあの館……。

お祖母様もそう願っていたはずだ。そう僕に言い続けていたのに――アレックスの胸は騒いだ。

今夜言われたことはどれも気にならなかったが、そのことだけは彼の心に大きな影を落とした。

南アフリカから来た親戚《しんせき》――彼はグラスを握り締めた。不名誉なことを仕出かして国を追われたというが、その男のことを祖母であるセリーナ・ペリンは気に入っていたらしい。その孫がローシャンプトンを僕から奪おうとしている？　許すものか。

その時ドアが開き、当のセリーナ――レディ・ペリンが現れた。好んで着る長い黒のドレス姿で、銀髪を頭上でゆるくシニヨンに結い上げている。

いつもなら意地でも持たないはずの銀の持ち手がついた杖《つえ》を握っている。リウマチの痛みがよほど耐えがたいのに違いないと思うと、アレックスの胸に渦巻いていた怒りと不安はすぐに同情に変わった。

彼女は義理の息子に小さくうなずいた。「こんばんは、ジョージ」次に孫に向き直ると、彼女は鋭い目でアレックスを上から下まで鋭く見て、丁寧に口紅を塗った唇に寒々とした微笑を浮かべた。「アレキサンダー、ひさしぶりだこと」

アレックスは祖母の手を取り、香水の香りがする頬にキスをした。「そんなことはありませんよ」

セリーナは大儀そうにソファに腰を下ろし、アレックスからドライシェリーを受け取ると礼を言った。

「ここにお座りなさい。このところ何をしていたのか話してちょうだい。新聞に書いてあったことはいいわ。飽きるほどいろいろ読みましたからね」

「新聞記事なんか、鵜《う》呑《の》みにしてはいけませんよ。でも、よく働く者はよく遊んでも許されると思っていたんだけど」

「それには賛成ですよ。でも遊ぶ相手が問題だわ。ほらほら、お父さんをにらむのではありませんよ」彼女は穏やかにつけ足した。「クロスビーという女性のことはお父さんに聞く前に知っていたわ」

アレックスは唇をかんだ。「秘密諜報《ちょうほう》機関で仕事をすればよかったのに」

「私の時代は女性の職場は限られていましたからね。それより、いいかげん人の奥さんに手を出すのはやめてちゃんとした相手と結婚なさい」

夕食の席でそれとなく叱責《しっせき》されることは予想していたが、正面切って攻撃されるとは思わなかった。

「ずいぶん陳腐なことを言うんですね。それに、ちゃんとした女性は僕なんかと結婚しないでしょう」

「ばかな」軽蔑《けいべつ》したようにレディ・ペリンは言った。「この家の名を汚すような行動はおよしなさい。しかも銀行まで巻き込む騒ぎはごめんですよ。もう……三十三だったかしら？」

「三十二です」言ってしまってから、彼は簡単に作戦に乗った自分に腹を立てた。

「そう。子供を持ってもいい年ですよ」

アレックスは内心でひどく腹を立てていた。「だったら誰か適当な女性を紹介してください」

「候補はたくさんいますよ。だけど紹介したらあなたは反発するだけでしょう？　逆効果だとわかっていますからね」

アレックスは苦笑した。「かなわないな」

「私は本気ですよ。三カ月後の私の誕生日には花嫁を連れて参加すること。いいですね」

父が、あきれた顔をするのがわかった。

「そんな。無理です。たった三カ月で相手を見つけて、結婚までしろと言うんですか？」

「お金もあって、女性にはもてるようだし、魅力的でもある」彼女は切り捨てた。「それくらいのことはできるでしょう。私をがっかりさせないでね」

脅しのこもった視線がアレックスに注がれた。

「お祖母様……」彼はうろたえたように言った。

「ローシャンプトンは家族が住む家です。警告しておきますが、あの家が独り者の住処《すみか》になるのは私の望みではありませんよ。そんなことは許しません。わかりましたね」

アレックスは青ざめて祖母を見つめた。耳の奥で血管がどくどくと脈打つのがわかる。

「わかりました」かすれ声で言うと、祖母は満足げに笑い、杖を取って立ち上がった。

「ではお食事にしましょうか」

あとに従ったアレックスは食欲などすっかり失《な》くしていた。文句を言われるのは覚悟してきたが、こんな通告を突きつけられるとは思わなかった。

だがみすみすローシャンプトンをあきらめることなど僕にはできない、と彼は自分に言い聞かせた。それに、腹は立つけれど、祖母のことは愛している。

三カ月で結婚しないとあの家を相続できないというのなら、結婚してみせよう。

結婚さえすればいいんだ——テーブルにつきながら彼は考えた。でもお祖母様、あなたの考えているような結婚じゃありませんよ。最後に笑うのが誰か、まあ見ていらっしゃい。

1

「ルイーズ、そこで何をしているの？」

屋根裏でトランクから古着を引っ張り出し、床に膝をついて点検していたルイーズ・トレンサムは不満げな義母の声に小さく顔をしかめた。

「三〇年代のイブニングドレスを探しているの。劇に使いたいから」

「下りてきて」義母のマリアンは鋭い口調で言った。「見上げていては話もできないわ」

ルーは内心でため息をつき、ハッチにかかる梯子《はしご》に細くて長い足をかけ、下りはじめた。

「どうかしたの？」ジーンズ姿のルーは尋ねた。「部屋は整えたし花も生けたわ。今夜の夕食の材料は冷蔵庫でミセス・グラッドウィンを待ってるし」

「子供が病気で来られないと彼女が電話してきたの。今夜がどんなに大切かわかっているはずなのに」

今夜この家にアレックス・ファビアンが来ることを知らない人なんかいないわ、とルーは皮肉っぽく考えずにはいられなかった。そしてその理由も。

「仕方がないわ。ティムは喘息《ぜんそく》持ちなんだから。それならロイヤル・オークに行けば？」

「あんなパブに？」ハンバーガーショップに行けとでも言われたかのような、むっとした口調だった。

「あら、あそこはガイドブックにも載るような店よ。予約を取るのも大変なのよ」

「せっかく家族だけで静かに会食するつもりでいたのに、あんなところに行くなんて」

「幸せな家庭生活の予行演習をアレックスにさせるつもり？」ルーはにっこりとした。「噂《うわさ》を聞く限りでは彼は外で食事するほうが好きみたいだけど」

義母は唇をきゅっと結んだ。「これ以上いらいらさせるようなことを言わないで。こういう時にはそれにふさわしい雰囲気というものがあるのよ」

「そういう雰囲気はエリーと彼が二人で作るものではないかしら？　しかもいきなりエリーをさらって結婚しようという相手ならなおさら」

「とにかく、ここで議論している暇はないのよ」マリアン・トレンサムはきっぱりと言って話を打ち切った。「今夜はあなたが料理を作ってちょうだい」

そうなるのはわかっていたので異論はなかったが、せめて、お願い、という言葉くらい言ってほしい、とルーは内心で顔をしかめた。

「エリーが作れば？　妻としての資質を彼に見せてあげたら？」

「そんなことをしたら彼は悲鳴をあげてうちから逃げ出すわ」珍しくマリアンは冗談を口にした。「あの子はお湯も満足に沸かせないもの。でもかまわないのよ」いつもの口調に戻って続ける。「結婚したら家事は使用人が全部してくれるんだから」

「そうね。うっかりしていたわ」

ここにも使用人はいる。それは私だ。

「じゃあ、いいのね？　お料理はお願いね。お得意のマッシュルーム・スープを作って。メインは鴨《かも》のローストのオレンジソース添えね」

「いいわ」ルーは冷静に応じた。「それで、私はその家族だけの夕食に加わるべきなのかしら？」

マリアンの返事はほんの一瞬遅れた。「あなたがそうしたければ、もちろんそうしてね」

ルーは義母が気の毒になった。「やめておくわ。今夜は村のホールで劇の練習があるの。衣装を持っていかないと」

いつものことだが、村の話題になるとマリアンの瞳はどんよりと曇る。根っから都会人の義母は週末だけの別荘としてこの家を使うのは気に入っているが、それを取り巻く現実とかかわり合うのは避けていて、村のイベントには最低限にしか参加しない。

「そう、好きになさいな。ねえ、ルー」思いついたように彼女はつけ加えた。「エリーにも何かさせてやってちょうだい」彼女はころころと笑った。「なんだかひどく神経質になっているから」

一人になったルーは梯子をかけ直した。この家の管理人のようになって、時折ロンドンから訪れる家族のために家を維持するのはかまわないが、それが当然だと家族から思われることに時々かすかないらだちを覚えることがある。

でももう少しの辛抱だわ、とルーは自分を励ました。もうじきデイビッド・サンダーズと結婚して、村の中心地にあるジョージ王朝時代の古い家にお嫁に行くんだから。私がまた料理人兼皿洗いをやらされていると聞いたら、デイビッドは怒るでしょうね。

「ダーリン、君はいいように使われているんだ」彼には何度も言われた。「人がよすぎるよ」

人がいいとは思わないが、そう言ってもらうのは決して悪い気分ではなかった。

彼女は肩をすくめた。「たいしたことじゃないわ。それにあなたがいない間の暇つぶしになるし」

デイビッドはアンティークを扱う会社の地方支社に勤めている。最近昇進してからはロンドンで研修会に出たり、出張の機会が増え、ルーは正直なところ取り残されたような気持ちでいることが多かった。

ルー自身は近くの町の法律事務所で助手として働いている。子供ができるまでは勤めるつもりだった。

子供ができるまで、という言葉をルーは気に入っていた。二人の将来を思い描くとうきうきする。考えてみれば、彼とはずっと一緒だった。幼なじみで、彼が大学を卒業して村に戻ってから恋人同士になった。一年前から非公式にだが婚約している。

本当なら婚約パーティをする予定だったが、デイビッドの父が急逝し、彼の母が晴れがましいことをするのを嫌っているのでそのままになっていた。

「結婚式には出てもらえるわよね」皮肉を込めてルーは尋ねたが、デイビッドには通じなかったようだ。

「もちろんだ」彼はルーにキスをした。「母にはもう少し時間が必要なんだ。我慢してくれよ」

本当のところ、ルーは未亡人という立場に甘えていつまでもぐずぐずしている彼の母にうんざりしていた。家はデイビッドが父から相続し、彼女はボーンマスに引っ越して妹と一緒に暮らすことに決まっているのに、いつまでたってもそうする気配がない。

でもそのうちそうなるわ、とルーは自分に言い聞かせた。うまが合わないミセス・サンダーズとの同居は無理だし、デイビッドもそれは承知している。

そんな事情から、ルーは今もバージニア・コテージで暮らしている。時には亡くなった実の母を思い出しながら。そのころの日々は穏やかだった。ロンドンのブルームズベリーでトレンサム・オズボーンという出版社を経営している父は、週末だけコテージに戻ってきていた。だが母のアンが肺炎にかかり、たった二日で亡くなると、生活は変わってしまった。ルーは寄宿舎に入れられ、休みは母の唯一の姉妹、バーバラ叔母の農場で過ごした。大男の叔父が率いる家族はにぎやかで、愛情に満ちていた。

だがせっかくその環境に慣れたと思ったら、また変化が訪れた。父が気まずそうに視線をそらしながら、再婚するとルーに告げたのだ。相手の女性にも女の子がいて、その子、エリーはルーと同じ学校に入り、休みは一家でロンドンのフラットとコテージを行き来して暮らすことになった。

今にして思うと、父は母の生前からマリアンとつき合っていた節がある。エリーが腹違いの妹である可能性も十分あったが、それに気づくほど成長するころには、ルーにとってそれもどうでもよくなっていた。マリアンはそれなりに優しかったし、エリーは……デイビッドの言葉を借りれば、〝かわいい〟という形容詞がぴったりの妹だ。

エリーはブロンドこそ母親譲りだが、マリアンと違って体つきが華奢《きゃしゃ》で、青い目と美しいハート形の顔を持った恥ずかしがり屋だ。背が高くやせていて、豊かにカールした黒っぽい髪をしたルーとは対照的だ。ルーは自分では平凡な顔立ちだと思っているが、クリーム色に近い白い肌と長いまつげに囲まれた灰色の瞳だけは自慢だった。ルーが育った環境は彼女に、人前では無口で控えめにしていることを教えた。

学校では、ルーはいつもエリーの保護者のような立場にあった。卒業してからも同じだ。もっともエリーは父の出版社で編集者として働いているので最近はあまり顔を合わせることはない。

「彼とは会社で会ったの。銀行家よ。パパと仕事上の取引があるみたい」二週間ほど前、エリーはそう打ち明けて顔をしかめた。「私に気があるなんて思わなかったのに、翌日劇に誘われたの」

「すてきじゃないの」ルーは〝仕事上の取引〟という言葉が気になり、ぼんやりと言った。「パパの会社、その人に融資を受けようとしているの？」

「さあ、わからないわ。でも美術と建築の目録を出そうとしているからお金がいるんじゃない？」

「そうよね。後ろ楯《だて》がない出版社は大変だもの」

エリーの話でだんだんアレックスの人物像が見えてきた。どうやらとてつもなくハンサムなうえ、メンバーでないクラブはなく、席を予約できないレストランがないくらい外出好きらしい。しかもたいてい女優やモデルや金持ちの女の子を同伴していて、どこに行っても人目に立つ男性らしい。

新しいレストランのオープニングに行ったら赤毛のスタイル抜群の美人がテーブルに挨拶《あいさつ》に来たが、彼はなんとなくむっとしたように見えたのだという。

〝シンディ〟と呼ばれたその女性は、エリーを見て、犠牲になった小羊はこの方ね、と言ったらしい。

あとでエリーがどういうことなのかときくと、アレックスは、彼女のユーモアのセンスは独特だから心配はいらない、と逃げたというのだ。

「それはおかしいわよね」ルーは心からエリーの疑問に賛同して言った。

階下に下りていきながら、アレックス・ファビアンがなぜエリーを選んだのかと改めて考えずにはいられなかった。エリーは世間知らずのうぶな子で、気持ちが優しく、社交的とは言いがたい。マリアンの監視の下、親と同居しているくらいなのだから。

それに、エリーは彼をどう思っているのだろう。おいしい食事をしたとか、有名人に会ったとか、オペラやバレエや画廊のオープニングに行ったことは話してくれる。でも肝心のアレックスについては何も言わないのだ。いろいろなところに行けるのは彼のおかげなのに。それに彼のほうはいったい何を求めているのかしら。エリーが一緒にいてくれるだけで満足なのだろうか。エリーの純真さを大切に思っているのかもしれないが、彼のように華やかな生活を送ってきた人にはなんだか似つかわしくない。

正反対の性格だからお互い引かれ合っているのかもしれないわ。ともかく、彼は今夜泊まりがけでここに来て、両親に挨拶をし、エリーと正式に婚約を交わすことになっている。

ずいぶん旧式で丁寧なのね、とルーは思い、説明しがたい妙な不安を感じて鼻にしわを寄せた。

古い趣のあるコテージを今日という晴れの日に備えて磨き上げたい。そう考えたマリアンは、次々にルーに指図して仕事をさせたのだった。

客間に行くと、エリーは車のヘッドライトに怯《おび》えた小動物のような真剣な顔でソファに丸まっていた。

「どうしたの？　彼のために鴨のローストに添える

じゃがいもの皮むきでもしない？」

「ええ」エリーは弱々しくほほえんで台所についてきたが、気のない様子で野菜を見つめていた。

「マリッジ・ブルーは早すぎない？」ルーは心配になってきながらナイフを手渡し、自分はマッシュルームの下ごしらえにかかった。「婚約前なのに」

「でもあと何時間かでそうなるわ」

「だって……そうしたいんでしょう？」

「もちろんだわ」エリーはきれいなあごを上げた。

「それにしては浮かない顔ね。死刑囚みたい」

「ばかなことを言わないで。アレックスはすてきな人よ。彼と一緒になって、すばらしい人生を送るわ。彼の求婚を断る女性なんかいないわ」

　なんだかエリーらしくない言い方。教えられたことを無理におうむ返しに繰り返しているみたい。

　マリアンに強要されているのかしら。

「エリー、彼を愛しているんでしょう？」

「当然よ」エリーは八つ当たりするように厚くじゃがいもの皮をそぎ取った。「ただ急だから……」

「だったらもう少し時間がほしいって彼に言えば？　愛しているならわかってくれるわよ」

　エリーは首を振った。「私には時間が……ないの」

「いやだ」ルーは手を止めた。「まさか妊娠しているんじゃないでしょうね」

　エリーは驚いたようにルーを見た。「まさか……だって私たち……何もないし」

「あら、そう」

　別に不思議ではない。結婚前にセックスしないといけないということもないのだし、村では人目が気になる。しかもいちいち行動を見張っている母親が近くにいるのだから、それは不可能に近かった。

　この先ずっと二人でいるのだから急ぐことはないさ、とデイビッドが言うので、ルーも不本意ながらその言葉に従っていた。

だけどアレックスは親に文句を言われることもないはず。自制なんて、彼のイメージからはとても想像できないし……。どうして？

「それならばなぜ？　いったい何が問題なの？」

エリーはちょっと黙り込んだが、やがて言った。

「彼のこと、なんだか怖くて。最初からそうなの」

「じゃあどうしてつき合ったの？」わけがわからなくなってルーは尋ねた。

「だって私、幸せじゃなかったから……気を紛らわせられるかと思って……」

「で？　気を紛らわせられたの？」

エリーの笑い声には無理をしているような響きがあった。「もちろん。アレックスといると終始気が抜けないもの。それに結婚することになったし」彼女は明るくつけ加えた。「すべてうまくいったわ」

「めでたし、めでたし、というわけね」ルーはちょっと皮肉を込めてつぶやいた。「じゃがいもの皮むきはもういいわ。その調子でやられたら食べる前にすっかりなくなってしまうもの」

「あら。ごめんね」エリーはすまなそうに言った。

「いいのよ。ミセス・ファビアンになったら台所仕事なんか必要はないだろうし。おめかしして彼を迎える用意でもなさい」

「ええ」ゆっくりと言ってエリーは時計を見上げたが、その表情は虚《うつ》ろだった。「もうすぐ彼が来る。時間がないわ」困惑し、心配して見ているルーを残して、彼女は去っていった。

愛する男性のプロポーズを待っているようにはどうしても見えない。

マリアンに話してみようかとも思ったが、余計なお節介だと思い直しルーはそんな考えを押しのけた。子供ではないし、エリーが自分で解決するしかないことだ。最終的にアレックスと結婚するかどうかは、彼女が決めることなのだから。

ルーは料理に打ち込んだ。鴨のローストの用意も野菜の下ごしらえも終わった。スープはできたし、デザートのいちごに添えるクリームも泡立てた。

私は結婚したら、エリーと違って料理は自分でしないといけないわね、とルーは考えた。だがエリーの将来を妬《ねた》ましく思う気持ちはわかない。デイビッドはルーにとって堅固な支えともいえる存在だ。彼を疑ったことはこれまでに一度もない。

夕食は八時からだから、屋根裏に戻って演劇に使うドレスを探す時間はある。

屋根裏には過去の形見がつまっていた。古いアルバムなどに気を取られている間に、時間はあっという間に過ぎていった。

「大変。鴨をオーブンに入れないと」

ルーは選んだドレスを何着か抱えて梯子を下りようとしたが、下りるのが難しかったので、思いきってドレスを先に投げ落とすことに決めた。続いてルーが下りようとした時、下から叫び声がした。

ぎょっとして見下ろすと、息を吹き込まれたようにドレスが踊っている。その下から、男性のくぐもった怒りの声が聞こえてきた。

「大変」落ちたら首の骨を折りそうな勢いで梯子を下りると、ルーはドレスをつかんで払いのけた。

「ごめんなさい。人がいるとは思わなかったから」

男はドレスの下から抜け出し、むっとしたようにルーを見た。「本当かな？　なんだか知らないが婚約を許してもらうための特別の儀式かと思った」

相手がアレックスだと知ってルーはぞっとした——初対面がこれだなんて。だが改めて彼を見たルーは息をのまずにはいられなかった。

背が高く細身だが肩幅は広く、脚がとても長い。乱れた髪は淡い褐色で少しカールしている。巷《ちまた》でのあだ名はライオン・キングだとエリーが言っていたのを彼女は思い出し、納得した。

いわゆるハンサムな顔ではないが、高い頬骨、鋭く光る緑の瞳、彫ったようにくっきりしていて驕《きょう》慢《まん》さを漂わせる唇が力強い魅力をかもし出している。しかも、ぞっとするほどセクシー。努力しなくても女が群がるタイプだわ——でもなぜ私にそんなことがわかるのかしら。

背筋を震えが走り、〝気の毒なエリー〟とルーは心の中で思った。

アレックスもまた、ルーを観察していた。服の中まで想像し、評価するような彼の視線に気づいてルーはショックを受けた。女性を見たら裸を想像しないではいられないような条件反射が身についていて、自然とそんな目になるんだわ。いやな気分——気がつくと彼が何か言っていた。「で、君は誰？」

ルーは穏やかな微笑を返した。「コックよ」

「本当かい？」彼は足元の服の山を磨き上げられた靴でかき回した。「ディナーのためにこれを着て正装するのも仕事のうちなの？」

「いいえ。村の演劇グループのためのドレスよ。《ノエル・カワードとの一夜》という劇をするの」

「それはそれは」口元がゆがめられた。「そんなものを選ぶなんて、野心満々だね」

その案が出された時にはルーもそう思ったのだが、彼に賛同する気にはなれなかった。ほほえみかけられると彼の魅力の度合いが成層圏にまで届きそうなほど増して、ルーはなおさら反発を覚えた。

「ご心配なく。切符を売りつけたりはしないから」

「わかった。君はルイーズだね。エリーの義理の姉の。はじめまして。アレックス・ファビアンだ」

ルーは床のドレスに飛びかかるようにして腕に抱え上げた。握手でもするべきなのだろうが、ちょっとでも彼に触れるのは危険な気がする。地雷の中をあえて歩くようなまねはしたくなかった。

「そのようね」サテンやシルクの服を胸に抱いて、

ルーは彼との間に防壁を作った。「急ぐから、私、失礼するわ」

「本当に君が料理をするの？」

「そんなに驚いた？　誰かがしないといけないもの。このあたりでは信頼できる使用人を見つけるのは簡単じゃないの。毒は入れないから安心して」

「よかった。実は洗面所を探していたんだが」

「左側の二番目のドアよ」

「待って」彼の手が髪に触れたので、ルーはびくっとして壁際に飛びのいた。

「何をするの？」

「落ち着いて」緑の瞳が光った。「くもの巣がついていた。ほら。気の毒に、これを作ったくもはホームレスになってしまったね」

「銀行家にも情けはあるのね」

「おかしいかい？　ともかく、これ以上は引き止めないよ。急ぐんだろう？　では、またあとで」

そうはならないわ――ほっとしてルーは考えた。今夜は劇の練習だし、明日はデイビッドを誘って一日どこかに行こう。日曜は頭痛がすると言ってみんながロンドンに帰るまで部屋にこもるわ。

自分の部屋に戻ると、ルーはドアにもたれて、ふうっと長いため息をもらした。

あれがアレックス。いまいましいくらい魅力的な人。危険、という札を下げて歩いてほしいぐらい。結婚を前にして、エリーが不安がるのも無理はない。エリー同様、彼もエリーに夢中には見えない。いやに冷静だし、緑の瞳は何かを企《たくら》んでいるみたいに冷たかった。彼にとって女性は自分を楽しませるものでしかないのかも。でも、相手に飽きたら？　彼のような夫を操縦するスタミナがエリーにあるかしら？　体力的にも精神的にも。それとも彼の魅力に夢中でそんなことまで考えていないのかしら。

彼の求婚なんか断ってしまえばいいのに、という思いがルーの心をよぎった。少しでも生存本能があるなら、絶対にそうするべきだわ。

ドレスをベッドに置いて振り返った拍子に鏡の中の自分が目に入った。頬がほこりで汚れている。彼がこれに気づいて手でぬぐったりしなかったのが幸いだわ。そう考えながらルーは台所に下りていった。そんなことになったら、私はきっとわけのわからないことを口走っていた。

オレンジソースを作っているとマリアンが入ってきた。「用意は整って？」

「ええ、ここは。でもほかはどうかしら？」

アメジスト色のドレスを着て真珠の首飾りとイヤリングをつけ、金髪をシニヨンに結ったマリアンはルーを見つめた。「それはどういうこと？」

「エリーの彼に会ったわ……本当にエリーを彼と結婚させてもいいの？」

「それは二人が決めることよ」

「私は反対。虎《とら》に小羊を差し出すようなものだわ」

「ずいぶん芝居がかった言い方だこと。村の劇のためにメロドラマの台本でも書いたらいいわ」

「メロドラマは悲劇よりはましよ。マリアン、彼はエリーには合わないわ。見ればわかるでしょう？」

「見ましたとも。彼は優秀でお金持ちで、もうすぐペリンズ銀行の頭取になる人よ」

「エリーが彼を愛してると思ってはいないのね？」

マリアンは笑った。「すぐに愛するようになるわ。男にとって大切な意味でね。彼はすばらしい先生だもの。ルー、あなた、やきもちを妬《や》いているの？」

「とんでもない。私は好きな人がいるもの。彼と私の結びつきは男女の関係だけじゃないわ」

「慎み深いふりをしちゃって。デイビッドとあなたはお似合いよ」彼女はダイヤのついた腕時計を見た。

「あなた、着替えは？」

「私はこれから劇の練習に行くから」

「まさかそのジーンズ姿でお給仕するつもりではないでしょうね」

「給仕はしないわ。アレックスがマッシュルーム・スープを浴びてもいいなら別だけど。それに、皿洗い機の使い方くらいわかるわよね」ぷいと出ていきかけたマリアンにルーは呼びかけた。

ちょっとだけ勝った気分にはなれたが、しょせんはルーの負け戦であることはわかっていた。

二階の部屋のカーテンを閉めようとしたルーは、下の植え込みの中の薄暗がりで動く人影に気づいた。驚いたことにエリーが携帯で誰かと話している。

何をしているのだろう。「今ごろマリアンはエリーの手首をアレックスの手首に鎖でつないでいると思ってたのに」ルーはつぶやいた。

窓を叩《たた》いて合図しようかと思ったが、エリーがあまり緊張した顔で興奮したように話しているので、思いとどまった。

やはり彼とは結婚できないと決めたのかも。それにしても、誰と話しているのかしら。

ルーはドレスをたたんでバッグに入れ、階下でエリーに会ったら、私は味方するわ、と励ますつもりで外に出た。だがエリーは既に家に戻り、アレックスと並んでテーブルについていた。楽しそうに笑うエリーを窓の外から見ながら、誰かに相談して迷いが吹っきれたのかしら、とルーはため息をついた。

劇のリハーサルが行われているホールに着き、持ってきたドレスを女性陣に渡すと、ルーは椅子に腰を下ろしてデイビッドを待った。照明と背景を担当している彼は、プロデューサーのレイとの打ち合わせに来るはずだ。

女性たちがルーのドレスをそれぞれに着て現れ、使わなかったドレスをバッグに戻すころになって、ルーは初めてもうかなり遅いことに気づいた。

「レイ、デイビッドはどこ？」

「あれ、さっき電話があって、急用で来られないと言ってたけど」

ルーは顔をしかめた。「聞いてないわ」

「ここに来れば僕から聞くと思ったんだろう」

「何があったか、言っていた？」

「いや。またお母さんがわがままを言ってるのだろう。そういうことは人には言いたくないものだ」

帰りがけにデイビッドの家の前を通ってみたが、灯は消えていた。レイの言うとおり彼が出かけるのをいやがる母親をなだめて早く寝たのかもしれない。仕方がないとは思うが、がっかりしたのも事実だった。電話してくれたらいいのに、と思ったが、明日の朝には連絡があるはずだから、二人で出かける話はその時にすればいい、と思い直した。

意外にもバージニア・コテージも既に真っ暗だった。パーティがお開きになったのは、婚約が成立せず、お祝いする理由がなくなったからだろうか。

ルーはアレックスのスポーツカーの横に車を停《と》め、裏口から台所に入った。何か飲もうと思い、電気をつけるとそれどころではないことがわかった。汚れた食器が調理台に並んでいる。ほうっておこうと思ったが、明日の朝自分の仕事が増えるだけだと思うとそうもいかない。

デイビッドのいうとおりだわ。私はこき使われている。だけどもうそれも終わりよ。

ルーは皿をすすいで食器洗い機に入れたが、話しかけられるまで一人ではないことに気づかなかった。

「シンデレラ君。パーティは終わったのかい？」

アレックスはすぐ背後にいた。

ルーはパニックに襲われて体をこわばらせた。皿が手から床に落ちて粉々になり、大きな音をたてた。

それから沈黙が訪れた。

2

その沈黙を先に破ったのはアレックスだった。

「驚かせたかな。ごめん。まさか皿の代金を給金から引かれたりはしないだろうね」

ルーは彼をにらみつけた。夕食の席で着ていた上着とネクタイを取り、シャツのボタンを半分はずし、袖《そで》をめくっているので褐色の胸や腕が見えている。

「何しにここに来たの？　こんなに遅くに」

「都会では夜はこれからだよ」

「ここは都会とは違うわ」

「だろうな。ここでは十二時の鐘が鳴るとみんなかぼちゃの馬車に乗り込みそうだね」

「退屈なら、初めからちゃんとそう言っておけば、みんなも何か考えたでしょうに」ルーはほうきとちりとりを持ってきた。「一家で側転をやってみせてでもあなたを楽しませようとしたはずよ」

アレックスは低く口笛を吹いた。「ミス・トレンサム、僕はよほど嫌われたようだね」

「幸いその必要もないわ。私たち、全く違う世界に住んでいますもの」

「その世界がぶつかったみたいだね。僕は君の家族になるんだから。おめでとうと言ってくれないのかい？」

ルーは皿の破片をごみ箱に捨てた。「求めていたものを手に入れたことに？　あなたにとっては珍しくもないことでしょう。あなたみたいに何もかも持っている人を、エリーが拒む気になったと思う？」

「棒より人参《にんじん》を前にぶら下げたほうが馬はよく走ると思ったことは認める」怒るどころか、彼は面白がっている様子だった。「賛同してくれてうれしいな」

「私はうれしくなんかないわ。エリーはどこ？」

「もう寝てしまった。それでみんなも部屋に戻ったというわけさ。興奮しすぎて疲れたのかな？」

ルーは皿洗い機に汚れた食器を入れながら、低い声で言った。「あなたといると彼女は疲れるのよ。エリーがあなたを怖がっているのを知っている？」

「いや」間を置いて静かな答えが戻ってきた。「知らなかった。怖がることなんかないと言ってあげればよかったな」

「エリーは繊細なの。優しくしてあげてほしいけど、あなたには無理かもね」

「そこは君と似ていると思うけど」彼の声が荒くなった。「何も知らないで物事を決めつけるんだな。怖がることなど何もないと誓うよ。彼女の面倒はちゃんと見るし、大切にする。これで満足かい？」

「そういうことは彼女に直接言うものよ」

彼の口元がきゅっと引き締められた。「昨夜《ゆうべ》、二人きりになる機会があったら言うつもりだった。実は今も彼女の部屋のドアをノックしてみたんだが、返事がなかった」

「会話以上のものを求められたのだと誤解したんじゃないかしら」赤くなったのを隠すためにルーはかがんで皿洗い機に洗剤を入れた。

「どうして？　彼女が君に何もかも打ち明けているようだから言うが、僕がいまだに彼女を求めていないことも知っているんだろう？」

「ええ。でももう婚約したのだから、事情は違うでしょう」穴があったら入りたい気分だった。彼の方を見ないようにするために、ルーは皿洗い機のドアを閉めてスイッチを入れた。彼の声を聞くのも、同じところにいるのさえ気まずかった。

「ふうん」からかうような口調だった。「僕は婚約したことがないから、君の意見を尊重するよ。今すぐ二階に駆け上がって彼女を奪えばいいのかな。それとも明日の夜まで待つほうがいい？　コーヒーを飲んで仕事をするつもりで下りてきたんだが、必要とあれば喜んで仕事は犠牲にするよ」

「冗談を言っているつもりなの？」ルーは向き直って彼に食ってかかった。

「好きなように解釈するんだね。どうせ本当のことを言っても君は信じないだろうから。ほら、お湯が沸いているよ。僕がコーヒーを作ろうか？」

「私はハーブティーよ」彼の提案が和解の合図だとしても受ける気にはなれない。「眠れなくなるから」

「ベッドの中で眠りを妨げるものはコーヒーだけとは限らない。もっといいものもあるが君は試したことがないんだろうな」

ルーは顔を赤らめたままマグを出して調理台に並べ、インスタント・コーヒーの瓶を彼に押しやった。

「君が怒って出ていく前に言っておくが、夕食はすばらしくおいしかったよ」

「ありがとう」コーヒーの香りが台所に立ちのぼる。

ルーはカモミールのティーバッグをマグに入れた。

「将来、料理を仕事にするつもりはないのかい？　ケータリングでもやったら儲《もう》かると思うけどな」

「将来は夫だけのために料理を作るわ」

彼はちらりとルーを見た。「そんな運のいい男がいるのかな。それとも君の夢の中だけの存在？」

「いるわ。婚約しているの、知らなかった？」ルーはさらに赤くなった。「エリーに聞いてない？」

「彼女からはほとんど何も聞いていない。もっとも僕だってあまり自分のことを話していないから、文句は言えないな。で、相手は？」

「昔から知っている人よ。村に住んでいて、ガルブレイスの地元の支店で働いているの」

「名前はなんというんだい？」

「デイビッド・サンダーズ。なぜ？」

「結婚式の時にちゃんと新郎を名前で呼べるように。」

エリーの夫として招いてもらえるだろう？」

エリーの夫？　千年生きたとしても彼がエリーの夫になったのを見ることはないような気がする。

「そうね」ルーはゆっくりと言ってティーバッグをマグから取り出した。「コーヒーにミルクは？」

「ブラックで。起きていられるように」

「そうだったわ。仕事があったのよね。どうぞ取りかかってちょうだい」

「もう取りかかっているよ。未来の姉さんとの間のみぞに橋をかける仕事に」彼は調理台に寄りかかり、マグの中のコーヒーを見た。「君はなぜエリーのようにお父さんの会社で働かないんだい？」

「仕事にもロンドンにも興味がないから。ここが好きだから戻ってきて、法律事務所で働いているの」

「弁護士なの？」

「いいえ。助手よ。エリーと私が出た学校は大学に進学する人は少なくて……」

「いわゆる花嫁学校？」

「そう」苦々しい思いでルーは認めた。「今どきそんな学校があるなんて信じないかもしれないけど」

「そんなことはないさ。立派な卒業生に見えるよ」

彼はコーヒーを飲み、マグの縁越しにルーを見た。

「デイビッドは花婿候補として完璧《かんぺき》とは言えないけれど」義理の母がいつもそう言っているのをルーは思い起こさずにはいられなかった。「私にはぴったりの人よ」

「幸運な人だ。若くしてそう確信できるんだから」

「そうね」

お茶を飲み終えてマグを洗うと、ルーは意味もなくほほえんだ。「おやすみなさい。電気は消しておいてね」ドアの前で彼女は立ち止まった。「さっき言ったこと、気に障ったらごめんなさい。幸せになってね」

謎《なぞ》めいた冷ややかな緑色の瞳がルーの目を捉《とら》えた。

「ああ。君たちの学校は、エリーのことも誇りに思っていると思うよ。おやすみ」

心臓がどきどきしていることに突然気がついたルーは、弱々しく笑って部屋に急ぎ、後ろ手にドアを閉めて息をついた。ようやくほっとしたわ。それにしてもアレックスといるとなぜ緊張して、気持ちが乱れるのだろう。私が余計なことを言ったからいけないんだわ。これからはよく気をつけて、彼とはなるべく顔を合わせないようにしよう。

ベッドに入った時には疲れ果てていたが、なぜかいろいろなことが脳裏に浮かんで眠れなかった。アレックスと台所で会った時のことや、さっき彼が言ったことの意味を何度も考えずにはいられない。

ばかばかしい。あんな人のことは忘れて、明日のことを考えるのよ。もし明日もミセス・グラッドウインが来なかったら、私が朝食を作ることになるのだろうけれど、私は食べずにさっさとデイビッドと出かけよう。海辺のパブでランチを食べ、浜を散歩して、式の日取りについて話そう。このところなぜかその話が彼のほうから出ていないから。

三カ月後ではどうかしら。さすがにそのころには彼のお母さんもボーンマスに移っているはずだし。

やっと眠りについたルーは結婚式の夢を見た。父の腕にすがって教会の中を祭壇に向かって歩き、花婿の顔を見るとそれは愛するデイビッドではなく、のっぺらぼうの男だった。ルーは泣きながらバージンロードを駆け戻って逃げ出した。

起きてからも夢は生々しく記憶に残っていた。震えながら彼女は布団を抜け出した。せっかくの土曜日を悪夢のせいで台無しにする気はない。

シャワーを浴び、膝丈のデニムのスカートと白い半袖のシャツを着て、つややかなカールした髪をとかしてふんわりと垂らす。デイビッドに会うつもりなのでグレーのシャドウを入れ、マスカラをつけて、お気に入りのくすんだばら色のリップを塗った。

　台所に行ってみると幸いミセス・グラッドウィンが来てくれていて、忙しく朝食の支度をしていた。

「ご夫妻の部屋にはお茶を運びましたが、ミス・エリーはノックしてもお返事がないので、トレーをドアの前に置いてきました。お客様はどうします？」

「コーヒーのほうがお好きらしいわよ」ルーはポットにコーヒーを作りはじめた。これを運ぶのはエリーの仕事だわ。それくらいしてもらわないと。

　コーヒーを沸かす間に庭に出て、デイビッドの携帯に電話をかけてみたが、電源が切られていた。

　ルーはむっとした顔で台所に戻った。家にかけてもいいが、彼のお母さんが出て、息子が婚約者と出かけることを知ったらまた機嫌を損ねるだろう。でもじきにデイビッドのほうからかかってくるかも。

　二階に上がってみると、エリーのためのお茶はまだ廊下に置かれたままだった。

　運んできたコーヒーを下に置いて、ルーはドアをノックした。「エリー、起きて。お茶が冷めるわ」

　返事はなかった。思いきってドアを開け、部屋の中をのぞいたが、枕《まくら》の上にエリーの金髪の頭はない。人の気配もなく、それどころか、ベッドには寝た形跡もなかった。エリーはフィアンセの腕の中で婚約をお祝いすることに決めたに違いない。

「まだみんな寝ているわ」お茶とコーヒーを台所に下げて、ルーはミセス・グラッドウィンに言った。

「私は村まで新聞を買いに行ってくるから」

　帰り道、もう一度デイビッドの家の前を通ってみたがカーテンが閉まっていて、彼の車もなかった。

　きっと私に会いにコテージに行ったのだ——ルーの心は躍った。「朝食を一緒に食べられるわ」

　だがコテージにも彼の青いプジョーは停《と》まっていなかった。代わりに、アレックスが一人で庭を歩いている。エリーとのことを考えれば、顔を見たくなかった。というより、そもそも最も会いたくなかった相手だわ、とルーは心の中で言い直した。どうにか避けたいと思ったが、その前に彼に見つけられてしまった。「おはよう。よく眠れた?」

「ええ」ルーは足元を見つめた。「あなたは?」

「あんまり。コーヒーの飲みすぎかな」

ルーはちょっとだけこわばった笑顔を作った。

「エリーはそんなふうには言わないと思うけど」

「そのことが彼女と何か関係でもあるの?」

「けさお茶を持っていったけど、ベッドに寝た形跡がなかったわ。あなたと一緒だったんでしょう?」

アレックスがルーの腕をつかんだ。「いったい何を言っているんだ?」

ルーは驚いて彼の顔を見た。「部屋にいないから、エリーはあなたの部屋だと思ってたわ」

「僕は昨夜九時半に彼女が早々と部屋に入ってしまってから一度も顔を見ていない。僕のベッドの中だなんて、とんでもないよ」

彼はルーを引きずるようにして家に入った。

「ちょっと待って。何かちゃんとした理由があるはずよ」ルーは必死で考えようとした。「早く起きて散歩に行ったとか」

「散歩? 彼女はそんなことをする人じゃない。運転手つきの車がないのなら、タクシーに乗らないではいられない人だよ。君も知っているはずだ」

「会社に急用ができてロンドンに戻ったのかも」わらをもつかむ思いでルーは言った。

「だったらお父さんにも何か連絡しているはずだが、彼は家にいるじゃないか」

家に入ると、マリアンが愛想よくアレックスを迎えた。「お食事の用意ができていますよ」

「ミセス・トレンサム、エリーを見ませんでしたか? 寝た形跡がないとルイーズが言うんですが」

マリアンは喉元に手を当てた。「まさか。きっと幸せすぎて眠ることもできなかったのよ」

「彼女の部屋に入らせていただけますか？」ルーは腕をつかんでいる彼の手を振りほどこうとした。「私は……」

「一緒に来て何かなくなっていたら教えてくれ」

なんてこと——いやいや階段を上がりながらルーは考えた。エリーは婚約がいやになって、逃げ出したんだわ。それなら彼女のために喜んであげるべきなのに、私はなぜこんなに怯《おび》えているのだろう。

「どう？」エリーの部屋に入るとアレックスが中を見回して言った。

「スーツケースがないし……」ルーはワードローブや引き出しの中を見た。「下着や服も減っているわ」

「そしてこれが残っている」彼の声は暗かった。

アレックスの手の中の二通の封筒をルーは見つめた。「どこにあったの？」

「ベッドサイドのテーブルに立てかけてあった。僕あてと君あてだ。開けてみるかい？」

「もちろんだわ。心配でどうにかなってしまいそう。エリーが無事かどうか、確かめなくては」

「君が思っているより、彼女は自分を大事にする人だよ」彼はルーに封筒を手渡した。

中に入っていたのは読みにくい字で走り書きをした一枚の紙切れだった。〈ルー、ほんとにごめんなさい。わかってほしいの。そして許して〉

「なんと書いてある？」アレックスの声がした。

振り向くと彼は自分あての二枚の手紙を、不潔なものに触れるように親指と人差し指ではさんでいた。

「許してくれって。何を？　逃げ出したことを？」

「それだけじゃない……彼女は一人ではないんだ」

彼の瞳には思いもかけなかった同情の色が浮かんでいた。それはどんな怒りよりもルーを怯えさせた。

「どういう意味？」唇は動いたが言葉が出なかった。

ドアの方で物音がした。エリーが、何もかも間違いよ、私ならここにいるわ、と言うために戻ってきたのではないかと、ルーは振り向いた。

だがそれは怒りの表情を浮かべた父だった。

「ルイーズ、ミセス・サンダーズから電話だ。ヒステリックで手がつけられない。何を言っているのか、わからないんだ。デイビッドとエリーが、と繰り返すばかりで。気でも違ったんじゃないだろうか」

「もしそうなら話は簡単なのですが」アレックスが青ざめて唇を震わせているルーをかばうように、彼女と父親の間に立ちはだかった。「残念ながらそのヒステリーには理由がある。僕のフィアンセは彼女の息子さんと駆け落ちしたようです。結婚すると置き手紙がありました」

「信じられん」ルーの父はどなるように言った。

「悪い冗談だ。昨夜君と婚約したばかりなのに」

「どうもそれが直接の引き金になったらしい」アレックスは穏やかに言った。「彼女はデイビッドという男と以前から恋仲だったが、ルイーズのことを思って言い出せずにいたようです。まあ、感傷的なナンセンスと言えばそれまでだが。僕とつき合って彼を忘れようとしたが、いざ結婚が目前に迫ったら怖くなり、逃げたくなってサンダーズに救いを求めたのです。そして昨夜駆け落ちした」

ルイーズは感覚が麻痺《まひ》し、ぼうっとしていた。悪夢のようにいろいろな映像が脳裏に浮かぶ。昨夜のエリーの電話。暗い彼の家。なくなっていたデイビッドの車。耐えきれず、彼女は叫びたくなった。

「そんなことはさせない」父親の声は震えていた。

「見つけ出して連れ戻す」

「そんなことはしないでください。彼女はもう子供ではないんだし、自分で選んでしたことなんです。僕らはそれを忘れて交渉を進めてしまった」

「エリーが……娘があんな男と。嘘《うそ》だわ」マリアンも話に加わった。

ルーが喉の奥で小さな音をたてたのを聞いて、アレックスは彼女を見た。「ミセス・トレンサム、ルイーズがデイビッドと婚約していたのをお忘れではないでしょうね？」

「忘れてなんかいませんとも。みんなこの娘《こ》のせいだわ。彼をこの家に出入りさせたりするから、エリーとこうなってしまったのよ。男なら誰だってエリーのほうを選ぶに決まっていますもの」

「いや、手紙によれば、彼がロンドンでの研修会に行く時に会っていたようです。ルイーズを責めるのはお門違いだ。二人に裏切られた被害者ですよ」

裏切り、という言葉に、ルイーズは体を震わせたが、同時にその言葉で現実に引き戻された。

「ミセス・サンダーズが電話口で待っているわ。話してくる」自分の声が他人の声のように聞こえる。

「いや」アレックスがルイーズの腕に手をかけた。

「ご両親のどちらかに話してもらいなさい。君が非難されるのは筋違いだ」

「それは……そうだ。私が出よう。でもなんと言えばいいのか……」父の声はかすれていた。

彼がいなくなるとマリアンが両手を差し伸べて前に進み出た。「アレックス、おつらいでしょうね」

「顔に泥を塗られるのは好みませんし、実際、いろいろな不都合が生じることになるでしょう。しかし、エリーと僕が愛し合っていたような言い方はやめていただきたい」

マリアンは一瞬たじろいだが、すぐに態勢を立て直し、微笑を浮かべた。

「傷ついて、お怒りなのはもっともだわ。でも、だからと言ってこれですべて終わりということではありませんわ。お食事をしながら、今後どうしたらいいか、ゆっくりお話ししましょう」

「せっかくですが僕はこのまますぐロンドンに戻り

ます」彼は冷淡に言った。

「だけどまだ話し合わないといけないことが……」あわてて言ったマリアンの声は震えていた。

「それは融資のことですか？　融資には条件があったはずだ。だからもう話すことはありませんね」

言葉は聞こえていたが、ルイーズにはその意味が理解できなかった。急に部屋が揺れはじめた。

「私……吐きそう」

その後の何分間かは、ひどくみじめで屈辱的だった。彼女はトイレにうずくまりながら、背中を支え、髪を撫《な》でつけ、顔を濡《ぬ》れタオルでぬぐってくれる腕をぼんやりと意識していた。

「あなた……」やっと座り込んだ時にも、まだ洗面所の床は揺れていた。「いやだわ。あなたなの？」

「ほかに誰がいる？　お父さんは電話でどなりつけられているし、お母さんは寝室に閉じこもってしまった。誰かが君を助けないと」

「あなたには助けてほしくなかったわ」ルーはよろよろと立ち上がった。「あなたがエリーとの結婚話を進めなかったら、こんなことにはならなかった」

「結局はこうなっただろう。状況は違っても結果は同じさ」彼は肩をすくめた。「二人は愛し合っていた。僕はたまたまきっかけを作っただけだ」

ルーは彼をにらんだ。「慰めているつもり？」

「どう受け取るかは君次第だが、別の女性を望んでいた男と結婚してたらそれこそ地獄だよ。さ、これを飲んで」

差し出されたコップの水をいやいや飲んだルーは鏡に映った自分の顔を見てぎょっとした。きれいに化粧をしたはずなのにマスカラは流れ落ち、口紅がにじんで、ひどい有様だ——私の人生と同じだわ。

ひどい顔ばかりか、私はこの人に醜態まで見せてしまった。「一人にして」硬い口調でルーは言った。

「わかった。お茶を持ってこさせるよ」

「お茶？　心がずたずたなのに、そんなもの」

「ショックにはお茶が効く」彼は動じる様子もなかった。「それに人は思っているほど弱くはない。心の傷はじき癒《い》えるさ。部屋まで手を貸そうか？」

「いいえ。それに芝居がかったまねはよして。さっさとここから、私の人生から姿を消してよ」

「それについては議論の余地があるが今はやめておこう」

「そんなもの、ないわ。さあ、行って」

背を向けて湯を出す。気がつくと一人になっていた。これからは一人なんだわ、とルーは改めて思った。顔を洗っている間も、みじめな思いが胸を刺した。ルーは部屋に戻ると、ベッドに突っ伏してカバーを強くつかんだ。

恋は盲目というけれど、デイビッドの心に違う女性が住んでいるなんて考えもしなかった。幸せで、何もかも問題ないと思っていたが、今考えると兆しはあったのかもしれない。彼は結婚式の話を避けるようになったし、最近ぼんやりすることが多かった。

エリーも変だった。アレックスとのデートにのめり込んでいるように見えたのは、彼の妻としてやっていけると自分を納得させるためだったのだろう。ばかな私。一人で満足して二人を信じきっていた。

涙が込み上げてきた。むなしさでいっぱいになり、心に痛みが襲いかかってくる。

ノックの音に、ルーは飛び上がって肩越しにドアの方を見た。入ってきたのは好奇心で瞳を輝かせ、お茶を持ったミセス・グラッドウィンだった。

「もったいない。朝ご飯はどなたも召し上がらないんですね。全部捨てないと。ご用がなければ……」

「ええ、帰ってちょうだい」ルーはバッグから財布を出して給金を支払った。

「来週はどうしましょう。うかがいますか？」

「さあ……」そんなことはどうでもよかった。今後もここでの生活が続いていくのかしら。それはできない。みんなにこのことを知られたら、ここではもう暮らせない。そうだ。私も逃げよう。すべて置き去りにして。「また連絡するわ。お茶をありがとう」

「お茶は元気が出ますからね」ミセス・グラッドウインはものものしくうなずいて出ていった。

　真っ白なレースのクロスを敷いたお盆に、花柄の食器に入れたお茶。身を引き裂くような絶望感の中でミセス・グラッドウィンの親切が身に染みる。だがアレックスの親切はいらない。彼に同情され、親切にされるのは耐えられなかった。

　見つめていた食器がぼやけてきたかと思うと、涙がこぼれ落ち、その速度がどんどん速くなった。ルーは声をあげてすすり泣いた。顔に押し当てた指の間から涙がこぼれる。喉が悲しみでひりひりし、冷たくなった唇を伝って塩辛い涙が入り込んでくる。

　着ていた服がすえた匂《にお》いを放っている気がして、ルーはスカートとトップを脱ぎ捨てた。二度とその服を見るのもおぞましい。

　黒いジーンズと灰色の丸首のセーターをワードローブから引きずり出して着替えると、彼女は旅行鞄《かばん》に下着や普段着をつめはじめた。

　逃げよう、という言葉をルーは頭の中で呪文《じゅもん》のように繰り返した。逃げ出そう。

　でもどこに？　そうだ、サマーセットの叔母の家に行こう。今後のことを決めるまで、そこに避難させてもらおう。

　階下に下りていきかけたルーは両親の寝室の前で立ち止まり、ドアをノックした。

　父が出てきた。「エリーが帰ったのか？」

「いいえ。そんなことは起こりっこないわ。私、しばらく家を離れるから」

「だがエリーは戻ってこなければならないんだ」父の目はルーを見ていなかった。「婚約はファビアンとの取引の一部だったんだから。彼は行ってしまった。彼の融資がないと会社は苦境に立たされる。何もかも失うかもしれない」

初めて、父が他人に見えた。

「もう失っているわ。大事なものは全部」ルーは言葉を切った。「どこかで……連絡するから」

これまでの人生のどれほど大きな部分を、自分が今捨てて出ていこうとしているかを思うと、新たに涙が込み上げてくる。だが、ほかに選択の余地がないのもはっきりしていた。彼女は裏口から外に出た。

アレックスがとっくにいなくなっているのを祈りたい気分だったが、そうはいかなかった。みじめな思いに追い打ちをかけるように、彼が車のトランクに荷物を入れている姿が視界に飛び込んできた。

振り向いた彼の緑の瞳は妙に熱を帯びていた。

「やあ。君を待っていたんだ」

3

自分がどんなふうに見えているかはもちろんわかっていた。涙でぐしょぐしょの目、震える唇、涙の跡がついた青ざめた顔。出る前にゴムで髪を一つに束ねてきたので、髪で顔を隠すこともできない。

神様、私の弱みがもろに出ている時に、なぜよりによってこの男がいつもそばにいるんですか。

ルーは顔を上げ、声の震えを抑えて言った。「結果としてあなたを引き止めることになってしまったのは申し訳ないけど、なぜ？　話はないはずだわ」

「いや、話は終わっていない。どこに行くんだ？」

「あなたには関係がないことよ」ルーはバッグを探ってサングラスを出し、それをかけた。わずかな防壁でもないよりはましだ。「ほうっておいて」

「そうはいかない」アレックスはルーの鞄《かばん》を取り上げ、自分の車のトランクにほうり込んだ。

「何をするの？」ルーの声は怒りでひび割れた。

「君の面倒を見るのさ。誰かがしないといけないからね。どこの家庭でも時に地獄を見るが、君は特に運が悪いね。妹が恋人と駆け落ちし、父親と義理の母親は君のことより経済的な損失を気にしている」

「ありがとう」ルーはまた震えたが今度は怒りのためだった。「でも自分のことは自分で始末するわ」

「そんな状態で運転したら事故を起こして死ぬぞ」

ルーは彼をにらんだ。「それでもいいわ」

「自殺も時には意味があるだろう。そうすれば駆け落ちした二人の幸福な気分はそがれるかもしれないが、どうだかね。しかも死ねば君はそれでおしまいだ。生きてほかの選択肢を求めたらどうだい？　そのほうがフィアンセへのずっといい復讐《ふくしゅう》になる」

「復讐したいと私が思っているとでも？」ルーはあきれてあえぐように言った。

「まだ彼ともとの仲に戻りたいとでも思っているのかい？　まさか。だとしたら君に失望するな」

「それがどうだっていうの？　どうして私の前から消えてくれないの」

「そういう運命のようだから。さあ」彼はトランクを閉めて助手席のドアを開けた。「どこに行きたい？　それとも走り出してから僕が決めようか？」

「ここから出ていければどこでもいいわ」ルーはその場を動かなかった。「しかもあなたからも離れた場所。近くにいてほしくないのがわからない？」

「それは残念だ。どう見ても今は僕しか君の近くにはいないようだからね。それに、出ていくつもりだったのなら行き先くらい考えていたんだろう？」

ルーはしぶしぶ答えた。「サマーセットの叔母の家」

「最初はそこか。で、そのあとは？」

「先のことはわからないわ。わかっているのはここにはもう帰ってこられないことだけ。デイビッドと私の婚約はみんなが知っているのよ。今さら、みんなにどんな顔で会えばいいのか」

「ばかを言うな。君のせいじゃないのに」

「それはそうだけど、同情されるのはもっと耐えられない。哀れみの目で見られるのは――」

「同感だ。だからこそ、君はこの出来事をばねにして、自分のためになるように利用するべきだ」

ルーは反抗するように相手を見て、込み上げてきた涙をこらえた。「名案があるとでも言うの？」

「たぶん。君に聞く気があれば。ともかく乗って。サマーセットまで送るよ」

急にこれ以上議論する気力がなくなった。それに既にトランクに入ってしまった鞄を取り戻すためにみっともない争いをするのもはばかられる。

のろのろと車に近づいたものの、ルーは足を止めた。「でもあなたはロンドンに帰るんでしょう？」

「どうせ月曜まで戻らない予定だったから」助手席にルーを押し込むと、彼は運転席に座った。「少しは僕にも同情してくれ。君と同じ立場なんだから」

「そうね。とっても落ち込んでいるようね」ルーは皮肉を込めて言った。

「落ち込むどころか、怒っているよ。顔に出さないでいるだけでね。さあ、シートベルトをして」彼は口元にかすかな微笑を浮かべてエンジンをかけた。

土曜の朝は村で市が立つので、道は渋滞していた。思いどおりに物事を運ぶのに慣れたアレックスはさぞいらいらするだろうと思ったのに、意外にも冷静で、別のことに気を取られているようだった。

きっと形勢を見極めて、何か反撃を考えているのね――ルーは心穏やかではいられなかった。

車に乗っている私に誰かが気づき、窓を叩《たた》いて、どうして知らない人と一緒なの、デイビッドは、ときいたら、どうしよう。答えられるはずがない。自分のしていることが自分でも信じられないのだから。アレックスに二時間もかけてサマーセットまで送ってもらおうとしているなんて。だけど彼は強引で、選択の余地なんかなかったし。

　車はやっと高速道路への道を走り出した。みじめな思いに喉が締めつけられる気分だったが絶対に泣いてはいけないと思った――まだ泣けない。しかもアレックスの前で泣いてはだめ。

　その気持ちを読んだように彼が静かに言った。

「そのうちいいこともあるさ。きっとこの出来事を忘れて先に進める日が来るよ」

「そんなのいや。私はもとの生活に戻りたいわ」

「本当に？」辛辣《しんらつ》な口調だった。「使用人のように家族にこき使われて、しかも愛する人間に裏切られたっていうのに、それが楽しかったって？」

「そうは思わないけど、私をみじめな犠牲者扱いするのはやめて。それに」ルーは激しい感情のこもった目でアレックスを見た。「欺かれたのは私一人ではないわ」

　彼は大げさにため息をついた。「悲しいが本当だ」

「あまり応《こた》えていないようでよかったわ。あなたにとっては、たいしたことではないんでしょうね」

「とんでもない。迷惑しているが僕は立ち直るよ」

「そうでしょうとも」苦々しくルーは言った。

　アレックスは微笑した。「信じないかもしれないが、君だって時がたてばそうなる。ところで君、仕事は？　辞表を出すのかい？」

「一カ月前に通告しないといけないんだけれど、有休が残っているから」本当ならハネムーンに使うつもりでいた休暇……。「事務所に手紙を書くわ。きっと……事情をわかってくれると思う」顔がゆがみ、我慢していた涙が込み上げてきた。「いやだわ」声をつまらせてルーは言い、こぶしで涙をぬぐった。

アレックスは退避車線に車を停《と》めた。ルーはうつむいて肩を震わせ、すすり泣きをこらえようとした。どうしようもなくみじめな気持ちだが、そこには彼の前で感情をあらわにしてしまった怒りと屈辱が混じっていることに彼女は気づいていた。

彼が視線をそらせ、無言でいてくれるのがありがたい。何より体に触れずにいてくれるのが幸いだ。

やがて自制心を取り戻した彼女は、いつの間にか白いハンカチが差し出されていることに気づいた。

「ありがとう……ごめんなさい」

「謝ることはないさ。説明する必要もないし」

ルーは真っ白なハンカチで涙を拭《ふ》いてはなをかみ、涙声で言った。「洗って返すわ」

「そんな心配はいらない。たくさん持っているからいいよ」彼は広げていた地図を後部座席にほうった。

「行こうか。それとも計画を変更するかい？」

本当のことを言えば計画などなかったが、それを認める気にはなれなかった。「叔母の農場に行きたいの。ごめんなさい。面倒をかけて」

「泣くのはかまわないさ」アレックスは車のエンジンをかけた。「だがそんな謙虚な態度は君に似合わないよ。僕のことをこの事態の引き金になった冷酷で最低な男だと思えば、気力がわいてくるよ」

ルーはアレックスをにらみつけたが、すぐに外に続く生け垣に視線を移した。だが十五分ほどして高速道路に入ると、見るものもなくなってしまった。

「なぜエリーと結婚したいと思ったの？」黙って座っているつもりだったが好奇心には勝てなかった。

「したかったわけじゃない。結婚する気はなかったが、形だけでもそうする必要ができて、エリーは格好の候補だと思ったからだ。それだけさ」

「それだけ？　エリーはどうだったの？」

「彼女だって僕が好きだったわけじゃない。そのことは……早い時期に探って真意を確かめた」

「そうなの？」ルーは敵意を込めて彼をにらんだ。

「さぞ自尊心が傷ついたのではなくて？」

「いや」彼は平然としていた。「それどころか、彼女こそ今回の役目にぴったりだと思った。いちばん困るのは相手が僕を好きになることだったから」

「込み入った妙なゲームね。好きでもない相手との結婚だなんて」

「そんなことはないさ。エリーのことはもちろんいやではなかった。結婚している間は彼女にあらゆる意味で生活を楽しんでもらって、時期が来たらあと腐れなくさっさと離婚し、慰謝料も気前よく払うつもりだった。悪くない話だろう？」

「冷酷な悪夢だわ」ルーは首を振った。「エリーがそんなことに同意したなんて信じられない」

「君にはエリーの本質がわかっていなかったということさ。違うかい？　彼女はビジネス上の取引として結婚するとちゃんと承知していた。もっとも細かいことまで話し合っていなかったのは認めるが」

「逃げ出したのも無理ないわ」ルーは少しの間沈黙した。「だけどなぜエリーを選んだの？　大金持ちのあなたなら、候補者に不自由しないはずなのに」

「自分から売り込んでくる候補者ではだめなんだ。役目が終わっても離婚してもらえないだろう？」

「それほど自分に魅力があると思っているの？」ルーは軽蔑《けいべつ》を込めて言った。

「まあね」彼はにやりと笑った。「状況次第では」

「相手次第では、でしょう？　私は別よ」冷たく言ってから、ルーはまた言葉を切った。「そんなにいやなのに、なぜ結婚するの？」

「強要されなかったら、するつもりはなかった」

ルーはあきれて口を開け、あわててまた閉めた。

「浮気相手の旦那《だんな》さんに怒って脅されたの？」

「いや、女性に、だ」

「あなたが結婚するのを断った相手か誰か？」

「僕など相手にしてもらえないさ。彼女はあと二週間ほどで八十五になる。僕の祖母だ」

「お祖母《ばあ》様？」ルーはその言葉を繰り返し、あきれたように首を振った。「嘘《うそ》ばっかり」

「冗談ならいいが本当だ。笑い事ではないんだ。結婚しろとプレッシャーをかけられている」

「どうやって？」

「さもないと相続をさせないと言って」

「そんなにお金に困っているの？」ルーは軽蔑を隠せなかった。「お金持ちだと思ったのに」

「金じゃないんだ。家だよ」

「その家って……そんなに大切なものなの？」

「僕と母が生まれた、子供時代の思い出がつまっている家だ。いつかは僕のものになるとずっと思ってきた。どうしてもあの家を他人に渡したくない」

「誰かに取られそうなの？」

「南アフリカにいる遠いいとこが突然現れた。彼は結婚している。祖母は、ローシャンプトンは家族が住む家でないといけないという考えに取りつかれているから、僕が結婚しない限り、遺言を書き換えると言い出した。だが僕は生き方を変える気はない」

「だからお祖母様が生きている間だけ誰かに奥さんのふりをしてもらいたいわけ？　ひどい話ね」

「いや。だいいちセリーナはまだまだ生きる気だ。それに相続税対策に、家は生前贈与すると決めている」

「あなた、お祖母様を家から追い出す気なの？」

「誰もセリーナに物事を強要したりできないさ。どちらにしても、今はほとんどホーランドパークの家に住んでいるし。祖母がわびしい年金生活者ではないと、少しは君にもわかってもらえたかい？」

　ルーは顔を赤らめた。「私にはどっちみち関係ないことだわ。でもエリーがそんなとんでもない計画にかかわりたくなかった気持ちはよくわかる。まともな人間だったらそんなこと、考えもしないわ」

「実は、君に考えてもらいたいと思っているんだ」

ルーはショックで息もできなくなり、相手を見つめた。「冗談でしょう」やっと声が出た。

「本気だ。君は仕事と住む家に困っている。エリーの代わりをしてくれればどちらも手に入る。ローシャンプトンが僕のものになったら君は自由だ。現金で慰謝料をもらって新しい生活を始める。悪くないだろう？」

「あきれるくらいひどい話。吐き気がするわ」

「実際的な話、と言ってほしいね。僕らのどちらも問題が解決できるのは認めるだろう？　僕にはセリーナに見せる妻ができ、君には、次にどうするかを決めるまでゆっくり心の傷を癒《いや》す場所ができる」

「あなたと一緒に住んで？　とんでもないわ」

「一緒に住むと言ったって、同じ屋根の下に住むだけだ。それに僕のところに来れば君は誰にも哀れみをかけられずにすむ。金にはそういう力がある」

「最低。軽蔑するわ」

「それはがっかりだな」彼は腹が立つほど冷静な顔をしていた。「会社の将来が危うくなって、お父さんもさぞがっかりすることだろうね」

「父への融資を断るつもり？　そんな……」

「条件つきの融資だったんだから、当然だ」彼は肩をすくめた。「もちろん、君次第で僕の気持ちが変わることは十分にあり得るけど」

ぴりぴりした沈黙が続いた。ルーは稲妻を見てから雷が落ちる音が聞こえるのを待つような気分で一秒一秒を頭の中で数えていたが、やがてかすれた声で言った。「お祖母様はさぞあなたを誇りに思っていらっしゃるでしょうね。脅迫が上手な血筋をそっくり受け継いでいるんですもの」

「僕の条件を受け入れる必要はないさ。君に対する家族の態度を見れば、お父さんの会社が倒産するのを君が黙って見ているのも当然だと思うし」

「私にそんなことができないのはわかっているはずよ」ルーは苦々しく言った。

「そうさ。だから期待している」青ざめたルーをちらりと見る。「提案を承知する？　僕がほしいものを手に入れるまで、偽装結婚してくれるかな？」

今度はルーが肩をすくめる番だった。「選択の余地が私にあって？」

「その言葉をプロポーズの返事だと解釈しよう」彼は楽しそうに言うと、近づいていた高速道路の出口に車を進め、さっさと高速道路を下りてしまった。

「こんなところで下りて何をするつもり？」

「叔母さんは君が来るのを知っているのかい？」

「あの……いいえ」

「だったら面倒をかけることもないだろう。このままロンドンに行って必要な準備を進めよう。すぐに結婚の手続きをして、証人になってもらう人だけに参列してもらって式を挙げ、親族や友人にはあとで通知だけ出すことにしよう。どうかな？」

ルーは膝の上で関節が白くなるほど固くこぶしを握り締めた。「私の意見を聞く気はないくせに」

「そのとおり」アレックスは笑った。「朝食を食べていないから早めの昼食にしよう。このそばにいい店があるんだ」

「私……おなかはすいていないわ」

「何か食べれば気分もよくなる」

「あなたが家を相続するまでは、私の気分がよくなることなんかないわ」ルーは首を振った。「まだ信じられない。こんなのは正気のさたじゃないわ」

彼が選んだレストランは広大な敷地の奥に建つ郊外型のホテルの中にあった。円柱に守られた玄関前の砂利を敷いたスペースには既に車が並んでいる。

「込んでいるようだから様子を見てくる」

「すてきなところ」ルーは薄い色のれんが造りの建物を見上げた。「ちっとも知らなかったわ」

「時々週末にここに泊まるんだ。ゆったりしているし人目に立たない。食事もおいしいし」

ガールフレンドと泊まりに来たんだわ――ルーは顔を赤らめた。結婚してからもそうするつもりだ、生活を変える気はない、と暗に言っているのね。

そのほうが私もうれしいわ、と急いで自分に言い聞かせる。偽装結婚が続く間は、毎週末違う女性とどこかに泊まってきてくれればいい。彼と離れていられるのは大歓迎だわ。

アレックスはすぐに出てきた。カード型のキーを手にしている。「部屋を予約した。顔でも洗って身繕いをするんだね。君にひどい仕打ちをしているように見られては僕が困るから」

「そうね。私たち、脅迫と嘘でつながった友だちですもの」

「友だちと思ってもらってうれしいよ」彼はルーの言葉をさらりと受け止めた。「まずは一歩前進だ。ところで、君の荷物にスカートは入っている？」

「いいえ」ルーは挑むように瞳を光らせて彼を見た。「農場に泊まるつもりだったのですもの」

「まあいいさ。どっちみち君には服が必要だ。来週どうにかしてあげよう」

「いいえ。必要なら自分で買うわ」

「これからは全く違う生活を送るんだから、僕の指南が必要だ。議論の余地はないよ」口を開きかけたルーに彼は言い渡した。「それから、その髪留めは取るんだね。髪は垂らすこと」

ルーは怒りのために震えていた。「あなたの好みになぜ従わないといけないの？」

「それはね、今後は僕が君に命令する立場だから。覚えておくことだ。バーで待っているからもう少しましになって出ておいで。ところで、飲み物は何を注文しておこうか？」

「すべてあなたが命令するのではなかったの？」ルーは冷たく言ってガラスのドアを抜けて中に入った。後ろは振り返らなかった。彼は絶対に笑っているに違いなかったから。

　美しい客室には天蓋《てんがい》つきのベッドと優雅な家具が置かれていた。タイルと大理石張りの風呂場は特に豪華で、二人一緒に入ることを想定したに違いない巨大な風呂と、六角形のシャワーブースもある。

　恋人の隠れ家としては完璧《かんぺき》ね、と考えながらルーは様々なオイルやローションを点検した。ここを訪れる恋人たちに愛があるかはとても疑問だけど。

　突然、隣の部屋のベッドに横たわる裸の女性の上にかがみ込むアレックスの姿が脳裏に浮かび、ルーはそれを締め出そうと瞳を閉じた。

　なぜ、今ごろ同じような部屋でエリーと抱き合っているかもしれないデイビッドではなく、アレックスのことを考えてしまうの？　ルーはひんやりした大理石に寄りかかって気持ちを静めてから目を開けた。鏡に映った、青ざめたこわばった顔は自分ではないように見える。水で洗ったにもかかわらず、目はまだ真っ赤だし、唇は血の気を失っている。

　パウダーをはたき、ピンクの口紅を塗ると、絹のような豊かな髪をほどいて垂らす。少しはましになったが少し前までのルーではなかった。瞳の輝きも頬の色も消えたその顔は、ほんの少し前の自分の灰色の影でしかないように見える。

　抜け目がなく専制的らしいアレックスの祖母はもちろん、誰一人彼が私を花嫁に選んだとは信じないだろう。愛していたデイビッドにさえ捨てられた私のような女がアレックスの眼鏡にかなうはずがない。

　金髪で愛らしいエリーならみんな信じただろうけれど。彼女なら服や宝石を買ってもらうことも、アレックスのきらびやかな生活を分かち合うことも楽しんだろうし、その魅力でまわりの人たちを虜《とりこ》にすることもできただろう。つまらない代用品ではなく、自慢できる妻を演じられたはず。

　時と共にアレックスもだんだん本気でエリーを好きになったかもしれない。でもその時間はなかった。代わりにデイビッドが……。

　ルーは大きく息をして鏡から視線を背けた。アレックスが待っているバーに行かないと。

　天井の低い部屋はメニューを見ながら食前酒を楽しむ人々でいっぱいだったが、窓辺のテーブルにいるアレックスの姿はすぐに視界に飛び込んできた。

　だが彼に注目しているのは自分だけではないことに、ルーは気づいた。女性たちは彼にさりげなく貪《どん》欲《よく》な視線を投げかけ、髪や宝石に手をやっている。わざと甲高い声で笑う女性もいた。

　驚くには当たらないわ。彼はどこにいても女性たちの目をひく。何も努力する必要はないのだ。今も彼は、まわりには関心を示さず、窓の外を見ている。

　彼は礼儀正しく立ち上がり、何を思っているかわからない表情でルーをじろりと見た。「必要なものはそろっていた？」

「ええ」ほかに席がないのでルーは仕方なく彼と距離を置いて窓辺のシート席に並んで座った。

　アレックスの合図でウエイターがシャンパンの入ったワインクーラーとグラスを運んできた。

　ルーは顔をしかめ、ボーイが栓を抜いて去るのを待ちかねて言った。「どういうこと？」

「ボリンジャーだよ。月並みかもしれないが婚約のお祝いだからね」

「なぜお祝いするのか、理解できないけど」

「なら君の元気を回復するための気付け薬だと思っていれば。シャンパンはいつ飲んでもかまわないワインだから」彼はグラスを上げた。「二人に乾杯」

　応じようとしないルーに、彼はからかうように言った。

「それともここにいない二人に乾杯する？」

「いやだわ」

「それなら何に乾杯するか、君が選んだら？　とにかくグラスを持って飲むんだ。みんなが見ている」

「私のようなつまらない女をあなたが連れているから変に思っているだけよ」ルーは大きく息を吸った。「ごめんなさい。でも今になってわかったの。私にはできない。無理よ。みんなをだますなんて。あなたが本気で私を選ぶはずはないと、お祖母様にもすぐに見抜かれてしまうわ。愛し合っていないとわかってしまうに決まっている」

　彼は肩をすくめ、急に表情を固くした。「結婚しろとは言われたが、恋愛結婚しろと命じられてはいない。それに今さら断っても遅いよ。契約はもう成立したんだ。さあ、グラスを手にして僕に向かって笑って見せて。これが最初のリハーサルだ」

　冷たくて澄んだワインを口にすると、立ちのぼる気泡が頭の中で次々に弾《はじ》ける気がした。

　ルーを見るアレックスの瞳に小さな輝きがいくつも躍っていた。彼はルーの手を取り、唇を寄せた。

　ショックが炎のように体を駆け抜け、ルーは手を引っ込めようとしたが、彼は手に力を込めた。

「何をするの？」

「こうするのがこの場にふさわしいと思って」アレックスはルーの目をじっと見た。「実際はどうあれ、公衆の面前では僕らはカップルとして振る舞う必要がある。君も演技をするんだ。さあ、僕にほほえみかけて。僕が触れても、キスをしても、身を引くんじゃない。十分な報酬をもらってやっているのを忘れるな。触れられるのがいやだとしても、それは君の問題だ」彼は少しいらだったようにつけ加えた。

　ルーは急いでシャンパンを飲み、手を握られていることや、親指のつけ根をそっと撫《な》でられていることを無視しようと努めた。

「そうしなければいけないの？」低い声できく。

「新婚夫婦が人前で愛情を表現するのは当然だ。何をそんなに神経質になっているんだ？」

「私……そういうことに耐えられるかどうか……」

「本当に？」クールでシニカルな微笑を彼は浮かべた。「だが君はさっき僕に魅力を感じないと言っていただろう、ダーリン？」彼は少し間を置いて続けた。「我慢ならなくなったら金のことを考えるんだね。そうすれば少しは慰められる」

「そうね」柔らかいがきっぱりとした口調でルーは言った。「いつか、あなたなんか大嫌い、と正面切って言える日が来ると思えば我慢できるわ」

「そうだとも。僕のほうは、結婚は考えていたほど退屈ではないかもしれないと思えてきたよ」

ルーがその言葉を理解するのを待って彼はメニューを手渡す。「さて、ランチをオーダーしようか」

4

どうせ何も食べられないだろうと思ってルイーズはろくにメニューも見ないで選んだが、冷たいきゅうりのスープとポーチドサーモンは喉に心地よく、つい平らげてしまった。彼女は自棄《やけ》になってついでにクリームブリュレも注文した。

アレックスは野菜スープと、レアのローストビーフのあと、チーズを食後に頼んだ。

コーヒーが運ばれてきた時点で、ルーは食事が思っていたほど苦痛ではなかったことを認めないわけにはいかなかった。こんな妙な状況に追い込まれていなかったら、アレックスとの会話も楽しめたかもしれない。彼は愛想よく運ばれてくる料理や最近見た映画やコンサートを話題にし、あとから気がつくとルーの趣味についても、知らない間にいろいろと情報を引き出していた。

　絶対に恋人同士にも、友だちにもなれないと思うけれど、もしかしたらなんとか共存していかれるかも、とルーは自分に言い聞かせた。

「ずいぶんと静かだね。悪い徴候でないといいが」

「そんなことはないわ」ルーはスプーンをもてあそびながら言った。「ちょっと……考え事をしていただけ」思いきって目を上げると、テーブル越しに彼の問いかけるような視線がからんできた。「あの、この件をきちんと文書で契約書にしてもらえる？」

　アレックスは眉を上げたが、「いいよ」と少し横柄に言った。「お父さんの弁護士に間に入ってもらう？　それとも君が自分で金の件を交渉する？」

「私……お金を問題にしているのではないわ。それ以外の……これが本当の結婚ではない部分が……」

「そうか」何かを考えるように彼は言った。「僕を信用していないんだ」

「そうではないけど」ルーはコーヒーを飲んだ。

「でもきちんと線を引いておきたいの。自分たちの立場をお互いはっきり把握するためにも」

「つまり、絶対に近くには寄ってほしくないということだね」彼は小さく顔をしかめてルーを見た。

「ルイーズ、君を誘惑する気はない。それはとっくに言ってあるはずだ」

「そうだけど、でも……」

「でも規則とか規約で身を守っておきたいんだ」ささやくように彼は言う。「教えてくれ。君が信用できないのは僕？　それとも本当は君自身かな？」

　ルーは唇をかんだ。「ばかを言わないでよ」

「さっきバーで君の手を握った時、脈がひどく乱れているのに気づいたからきいたんだ。とても……興味深い現象だったよ」

ルーは乱暴にカップを置く。「ストレスという言葉を知らない？　人生最悪の日なんだからそれに対するリアクションくらい許されてもいいと思うわ」

「これからの人生の最初の日、とも言える」落ち着いた口調で彼は言った。「ものは考えようさ」

「ありがとう。でもどんないやなこともいいように解釈するのは私の好みではないの」

「そんなにストレスがあるなら、さっきの部屋は午後ずっと使えるよ。ストレスのいい解消法を知っているんだけどな」

　しばらくの間、ぴりぴりした沈黙を破るのはルーの荒い息づかいだけだったが、やがて彼女は低い声で怒りをこめてやり返した。

「よくそんなことを……」

「マッサージ。僕にはよく効く」からかうようにアレックスは笑った。「服は着たままでいい。もちろん、どうしても脱ぐと言うのなら止めないが」

喉の筋肉がこわばって体が震えたが、ルーは自分を励ましてあごを上げ、彼に向き直った。

「そんな言い方はよして。二度とそんな態度を取ったら取引は中止よ。会社がどうなってもかまわないわ」

「じゃあ契約書の第三条にこう書くとしよう。甲、つまり僕、は、乙、つまり君、をからかったり、冗談の対象にしてはならない。特に、少しでもセックスに関係する話題は絶対に出さないこと」

「勝手に笑ったらいいわ」

「いや、おかしいどころか、悲しいことだ。だがユーモアがわからない女性は君だけじゃないから、なんとかやっていくさ」

　ルーは言い返したいのをこらえて、代わりに冷たく言った。「行きましょう。吐き気のしそうな茶番劇をしないといけないのなら、さっさと始めましょう。そうすれば早く終わるから」

「必ずしもそうはならないと思うが、君の言いたいことはわかったよ」

アレックスは出口に向かう間もルーの腕を軽く握ったまま離さない。

「これはお芝居よ」とルーは心の中で自分に言い聞かせ、顔をしかめないように努力した。

その時、誰かが前に立ちふさがった。

「あら、アレックス。ダーリン」その女性は赤毛を巧みなレイヤーカットにした、信じがたいくらい長いまつげと青い瞳の美女だった。すばらしいスタイルを見せつけるような膝丈のぴったりした黒いドレスに、黒白の大きなチェックの上着を着ている。真珠で縁取ったオニックスのイヤリングとおそろいのペンダントをつけていた。

赤い唇からもれる声はハスキーでとてもセクシーだった。「ここで会えて本当にうれしいわ」

「やあ、ルシンダ」アレックスは慇懃《いんぎん》に応じた。

「こんなところで会うなんて驚いたな」

彼女は笑い声をあげた。「あら、ここは以前から私のお気に入りの場所ですもの。今日もなつかしくなって来てみたの」

「一人で？」

「いやだわ。ピーターは車を停《と》めに行っているわ。叔母を訪問する前にお昼でもと思って。叔母はもうかなりの年寄りだけど、とてもお金持ちなの」彼女は肩をすくめた。「わかるでしょう」

ルイーズは女性が品定めするように自分を見て、ばかにしたように視線をはずしたことに気づいた。

「お友だちに紹介してくださらないの？」

「実は婚約者なんだ」アレックスはゆったりと応じた。「ルイーズ、こちらはルシンダ・クロスビー。ルイーズ・トレンサムだ。たった今婚約した」

「まあ」ルシンダは目を細める。「驚いた。おめでとう。特にアレックスにお祝いを言いたいわ。ダーリン、お幸せにね」

「ありがとう」アレックスはルーの肩に手を回して引き寄せた。ルーは抵抗したいのをぐっとこらえる。

これもお芝居だと自分に言い聞かせたが、明らかにここはしくじってはならない場面だった。

こんなに彼と接近するのは初めてだった。これからはこういうふうにされることに慣れないといけないのだ。容易ではなかった。

彼の腕も、肩もがっしりとたくましく、つけているコロンが香ってくる。服越しに体温まで伝わる。

裸で彼の腕に抱かれたらどんなかが一瞬想像できたような気がして、ルーはショックを覚え、血がたぎるのを感じた。背筋がぞくぞくする。

こんなこと……あり得ないわ。私が彼に対してこんな気持ちになるなんて。

ぼうっとしながらもなんとか平静を保とうとしているルーの耳にルシンダの声が届いた。「ゆっくりしてもいいんでしょ。ピーターが来たら一緒にお祝いの乾杯をしましょうよ」

「ご親切はうれしいけど時間がないんでね。すぐにも結婚するつもりなんで、いろいろ準備があるんだ。わかってもらえると思うけど」

「もちろんよ。ピーターにはチャーミングな花嫁さんのことを話しておくわ。彼もきっと喜ぶわ」彼女はルーに向き直った。「さよなら。ローラ……？」

「ルイーズです」むっとしてルーは言う。

「そうだったわ。私はシンディと呼んでね。いいお友だちになれそう。お式にはよんでね」

冗談じゃないわ、と思いながらルーは微笑した。

歩きながらもルシンダの視線が背中に突き刺さるのを感じないではいられない。アレックスが支払いをするのを待つ間、ルーは意志の力で乱れる呼吸や脈拍を整えようと努めていた。

自分の彼に対する動物的な反応の理由も言い訳も

思いつかない。あまりにも簡単に彼にふらっとなってしまった自分が恥ずかしいが、彼がパワフルな性的魅力の持ち主であることは否定できない事実だ。初めて会った時もそう思ったが、離れて感じるのと実際にそれを感覚で味わうのとは大きな違いがある。

彼に迫られたら、と思うと口の中がからからになる。神様、よく気をつけなくては。

「ピーター・クロスビーって、政治家の？」車に向かいながらルーはアレックスに尋ねた。

「そうだ」これ以上きくなと言いたげな返事だ。

きく必要もなかったが、心の奥の小さな奇妙な痛みが、ルーを駆り立てた。

「田舎に住んでいるからってばかにしないで」

「関係ないことに首を突っ込まないことだ」

「そんなことはしないわ。あなたは好きなように人生を送っていいのよ。そのことは契約書に明記してもかまわないのよ」

「その必要はない。それに彼女とは終わっている」

相手はそう思っていないわ、とルーは考えた。

「エリーも彼女に会ったでしょう？」

「彼女はいろんな人に会ったさ」

「あの人、あなたとここに泊まったことがあるのを私に教えたかったんだわ」

「さあ。そうかもしれないが、何を考えたか、僕には彼女の頭の中を知る由もないね」

「頭の中には興味なんかないからでしょ」

「やられたな。君はなかなか鋭い爪を持っているね。田舎育ちのねずみ君」

その爪が私には必要になる時が来るわ、きっと――走り出す車の中でルーは考えた。

アレックスがかけたクラシックを聴きながら、ルーは目を閉じて、何も考えまいとしていた。

ロンドンで何が待っているか、考えたくもなかった。自分がしたこの選択も、負おうとしているリスクのことも考えたくない。そのリスクがどんなに深刻かが、ついさっき明らかになったばかりだ。過去はづらすぎるし、将来は真っ暗。それなら何も思わずに漂っているしかない。

少しうとうとしたルーはアレックスの声で我に返り、今の難しい状況を再び思い出した。

ロンドンに着いたと言われて身を起こし、髪を撫《な》でつける。口を開けたり、いびきをかいたりしていなかったでしょうね。

ルーはせき払いした。「あの、どこに行くの?」

「僕のフラットだ」

「え? どうして?」

「話し合うことがたくさんあるからだよ。そのほうが落ち着いて話せる」

「それはそうだけど……一緒に住むのは結婚してからかと思っていたわ」

「おやおや」彼は半分面白がり、半分あきれたように言った。「寝室を共有したいと言ってはいないさ。フラットには寝室は二つあるし、鍵《かぎ》もかかる。それに今どき恋人が同棲《どうせい》するのは普通だよ。そうしないほうが不自然だ」

「私たち……恋人ではないわ」

「世間的にはそういうことになってる。熱烈に恋をして結婚を急がずにはいられない、ということになっているのを忘れないように。そうすれば君の演技にも深みが出るというものだ」

「エリーもフラットに連れていったの?」

「いや、そんな機会はなかった。結婚を承諾したとたんに駆け落ちしてしまったんだから。だが見せるつもりではいたよ。もっとも気に入らなかったかもしれないが」

「私だって気に入らないかもしれないわ」

「だったら言ってくれ。家探しを始めるから」

「この……茶番劇のために家を捨ててもいいの？」

「本当の意味で僕の家とは言いがたい。僕にとって家はローシャンプトンだけだ。だからこそこの茶番があるんだ。それに、協力してくれる君をできるだけ満足させるのは僕のせめてものお礼の気持ちだ」

「あら……ありがとう」

「ついでに言うが、文句を言わずに僕の言うなりだったエリーと比べて、君にはショックを受けるよ」

「あら、私だって時間がたって、いろいろと望みをかなえてもらううちには従順になるかもしれなくてよ。それにエリーだってあなたの言いなりになる相手ではなかったのだし」

「そうだな」わずかに笑いを含む声だった。

そんな彼の態度がルーには気に入らなかった。なぜかそういう彼を見ると笑い返したくなるから。

「で、フラットにはほかにどんな部屋があるの？」

「風呂場も二つ、食堂、ルーフガーデンとバルコニーつきの客間。ヌードで日光浴もできるよ」

「結構よ。つまり、そこはペントハウスなのね」

「なんだかテストに不合格にされた子供のような気分になるな」相手はますます面白がっているようだ。

「庭は気に入ってもらえると思う。植木もあるし」

「どうせハロッズで買うんでしょう。あなたが土いじりをするなんて想像できないわ。台所は？」

「あるさ。見た覚えはある」

「使ったことはほとんどないのね」

「やかんと電子レンジは使う。栓抜きもあるよ」

「それで十分ということね」

「僕が休みにペスト・ソースを手作りしたり、スフレを焼いたりすると思うの？」

彼がどうやって休みを過ごすかを考えたくなくて、ルーはあわてて言った。「家政婦がいるの？」

「いや。フラットにはメイドサービスがついていて毎日掃除に来るし、洗濯物は二十四時間以内に仕上がってくる。ジムとプール、地下駐車場とレストランもあるし、そこから料理を取ることもできる」

「すてきね。私、あなたの邪魔をしないように台所にいるわ。そうすれば顔を合わせなくてすむもの」

「それはいい」だがそう言うアレックスの声には怒りに似た何かが見え隠れしていた。

だけどそんなはずはないわ、とルーは考えた。

彼のフラットを嫌悪したい気持ちもあったが、それは無理だった。とても広く、眺めがすばらしい。カーペットはふかふかで、巧みな照明も座り心地のいい家具もそろっている。

だがアレックスの言葉どおり、そこは家ではなかった。デザイナーが作り上げた趣味のいい家だけれど玄関の花に至るまで完璧《かんぺき》すぎて、生身の人間の、持ち主の志向が全く感じられない。

「どう思う？」アレックスは客間の戸口にもたれてあちこち見て回るルーを観察していた。

「ここにはほとんど住んでいないのね」

「そうだ。君にとっては好ましいだろう。で、ここに住むことに耐えられる？」

「ええ。状況そのものに耐えられさえしたら」

「それなら寝室を見て、どちらを取るか決めてくれ。今僕が使っている主寝室を譲ってもかまわないよ」

「いいえ」たとえ彼が違う星に行っても、彼が使っていたベッドで寝ることなんかできない。考えただけで息がつまりそうだ。「寝られればいいから」

「それならコインを投げて決めようか？」

「そんな。私はスペアの寝室を使わせてもらうわ」

「そうか」彼はルーの鞄《かばん》を取り上げて廊下を歩き、ドアを開けて彼女を先に導き入れた。

「風呂はあっちだ。隣には別に衣装部屋もある。ウオークインクローゼットというほうがいいかな。好きなように使ったらいい。内装をやり直しても、家具を買い直してもいいんだよ」

「その必要はないわ。そんなに長くいないもの」

「それは保証できない。期間は決めていないんだから。祖母は自分の思うとおりにしか動かない。いつ家をくれるかは祖母の気持ち次第だ。それまではできるだけ君に居心地のいい環境を提供したいんだ」

「大丈夫よ。すてきなお部屋だわ。ところで……」

ルーはためらったが、さりげなく言った。「あなたはどこで寝るの？」

「向かいの部屋だ。近すぎる？」

今度はルーのためらいが彼にもはっきりと伝わってしまったらしい。眉が寄った。

「そのようだな。だがレイプ魔扱いされるのはいいかげんうんざりだ。ベルリンの壁を壊した石はどうなったかな。格好の使い道を思いついたんだが」

ルーは唇をかんだ。「ごめんなさい。そんなつもりでは……私にとっては簡単なことではないから」

「でも僕が選んだことでもない」アレックスはますます不機嫌な顔になった。「バージンと生活を共にすることになるとは気がつかなかった。婚約者が逃げたのも無理はない。君が遠ざけたんだ」

「ひどい」ルーは身を守るように両腕を体に巻きつけた。「私、彼を愛していた。彼のものになりたかったわ」

「だったらなぜそうしなかった？」

「話し合って待とうと決めたの」ルーは大きく呼吸をした。「それにみんなが顔見知りの村では簡単なことではないわ。彼はお母さんと同居だったし」

「それは言い訳だ。方法はある。旅行に行くとか、今日ランチを食べたようなホテルに行くとか。あそこに来る客のどれくらいが結婚していると思う？」

「私がそんなことを望んだと思う？　いやらしい週末旅行に連れていってもらいたいなんて」

「何がいやらしいんだ。愛し合っていたら、情熱的になって、楽しみたいと思うのは自然だ」

「自分の経験でものを言っているのでしょうけど、私は本当の愛の話をしているの。一生続く愛よ。他人のパートナーとのその場限りのセックスとは違うわ。愛について私にお説教する資格は、何もわかっていないあなたにはないんだから」

「かもしれない。だが男と女をどうしようもなくひきつけ合う気持ちがあるのを僕は知っている。君のロマンスは情熱に欠けていた気がするな。デイビッドもそう感じたのかもしれない。安全だが単調な日常や、毎週金曜の夜のセックスといった暮らし以上のものがほしくなったのかもしれないよ」

「あなたにそんなことを言う権利はないわ」ルーはきっとして彼をにらんだ。

「そうかもしれない」意外な言葉が返ってきた。「だが君が思っている不朽の愛が本当はどんなものか、ちょっと言いたかったんだ。さもないと君はそれにいつまでもしがみついて、しまいには自分で自分の首を絞めかねないから。愛と安全は同義語ではないんだ。愛は究極的なリスクだよ。結婚指輪とばらの花に彩られた甘ったるいものではないよ」

「それでお説教は終わり？」

「ほとんど。君を傷つける気はなかったと今さら謝っても遅いが、これは真実だ。あの二人は僕らをこけにした。いちばん腹が立つのは、きちんと現実に向かい合って、事実を口にするだけの勇気が二人になかったことだ。僕らが差し出していたものでは不満だと正直に言わなかったことだ。君だって心の中では同じことを感じているはずだよ」

ルーはアレックスを見つめた。「私の心を勝手に分析して決めつけないでよ。私のことなんか何もわかっていないくせに」

「そうだな。だが短い結婚生活でも、その間にはわかりたいと思っている」彼は顔を背けた。「僕は出ていくから荷物をほどくといい」

「あんなことを言われて私がここに残ると思う？」

　アレックスはため息をついた。「ルイーズ、君にはほかに行き場がない。それに君は僕と取引をしたはずだ」緑の瞳は冷たく無情だった。「僕と結婚してここにいろ。そうすればお父さんの会社には立ち直るチャンスが残される。従業員が解雇され、ご両親が家を失ってもいいのかい。すべては君次第だ」

　彼は腕時計を見た。「僕は出かけるが、戻った時に君がまだいたら取引はそのまま。議論や非難はお互いにやめよう。これはビジネスだ。それ以上でも以下でもない。よく考えることだね」

　ルーはベッドの端に座り込み、身をかばうように自分を抱き締めた。目には何も映らない。沈黙が彼女を取り囲んでいた。心は震えていたが、頭の中は無重力状態だった。

　ひどい人。最低で、冷血な人だわ。アレックスに言われたことを思い返すと、二度と彼を許せないという気持ちが込み上げる。

　だが心のどこかで、彼の言ったことは正しい、という声がしていた。デイビッドとの結びつきは強いものではなかった。本当に愛し合っていたら、何も二人を引き離せなかったはずだ。彼の思いやりだと思っていたものはうまく行っていないことを警告する信号だったのかもしれない。

　鞄を取り上げて逃げ出したかった。どこかのホテルに泊まり明日の朝列車に乗って叔母の家に行けば、アレックスは二度と追ってはこないだろう。

　逃げてしまったらすべては終わる。父の会社も、両親の今の生活も。両親は家も財産も失う。それを防ぐ力が自分にありながら、両親がみじめな境遇になるのを見過ごすことはできなかった。

　それにアレックスが目的を達したら、私は自由になり、どこにでも行ける。オーストラリアでも、カンボジアの寺院でも、旅行嫌いのデイビッドと結婚していたらとても行けなかったところに行けるのだわ。そのお金も、時間も手に入る。

どうせなら人生をいい方向に変えたい。

アレックスに雇われてお金を稼ぐのよ。目いっぱい楽しみながら。終わったら彼とは永久にさようならだ。

ルーは立ち上がると衣装部屋に鞄を運んだ。棚や引き出しやワードローブの中で、ルーの持ってきた小さな荷物は寂しげに見える——まるで私みたいに。

いいえ、そんな否定的なことを思ってはだめ。私は犠牲者ではなく、勝利者になるわ。

心のどこかで、アレックスも勝つ気でいるし、彼はたいてい勝つんだわ、という声がした。「だけど今度は私が勝つわ」自分に誓うように、ルーは声に出して言った。

5

数時間後にアレックスが戻った時、ルイーズはソファに丸くなって持ってきたスリラー小説を広げ、それに気持ちを集中しようとしていた。

ゆっくりと顔を上げ、戸口に無言で立っている彼を見ると、心臓がどきどきした。帰ってこないかという危惧《きぐ》が何度も胸をよぎっていたから。

長い沈黙のあと彼が静かに言った。「ありがとう」

「お礼を言われることはないわ。私、あなたをすっからかんにするつもりだから」

「いいさ」向かいのソファに腰を下ろすとアレックスは上着をひじ掛けにかけ、クッションにもたれて目を閉じた。こんなに疲れた彼の顔を見るのは初めてだった。横を通った時、かすかにウイスキーの匂《にお》いがしたのにルーは気づいていた。

「どこに行っていたの？」

「さっそく、奥さん役にふさわしい質問をするね」

「それがあなたの希望でしょう？」

「もちろん」彼は目を開け、ルーの視線を受け止めた。「少し歩いてから銀行に行って仕事をした」

「土曜日のこんな時間に？」

「僕は五時から九時の時間帯で仕事をしない。邪魔が入るのも嫌いだし。お父さんに電話をして、融資は約束どおりにすると言っておいたよ」

「まあ」ルーは目を丸くした。「私が出ていったかもしれないのに？」

「それはそうだが、どうせなら何かの条件と引き換えに脅迫されているのではなく、君の意志で残ってくれるほうがうれしいと思ったから。つまり、君には出ていく自由も残されているということだよ。僕は引き止めたりしない」

「それは……ありがとう。でも残ることにした。約束どおり私に課せられた条件を果たすわ。それより……私がどこにいるかを父に話した？」

「ああ」そっけない返事があった。

「なんて言っていた？」

「別に。きいても冷静だった」

「会社のことでほっとして、ちゃんと理解できなかったのではないかしら？」

「好意的な見方だね。今度娘を犠牲にしなければならない事態になったらどうするつもりだろうか」

ルーはうつむいて、「あの、エリーから連絡はあったと言っていた？」と尋ねた。

「いや。だが彼の母親は何度も電話してきているようだ。ヒステリーを起こして血眼で探しているらしい。君のお母さんはおかげで頭痛で寝込んだって」

「気の毒に」ルーは思わずくすりと笑ってしまった。

「想像がつくわ。ミセス・サンダーズはすごいから」

「それならマリアンといい勝負だ。全く、君の身内はなんでみんなあんなに自己中心的なんだ？」

「それぞれ違う世界に住んでいるだけよ」ルーは居心地が悪そうにもじもじした。「父は私を見ると母を思い出して呵責《かしゃく》を感じるらしいの。母が亡くなった時そばにいなかったし、ほかにも……」

「で、君を僕に引き渡してその呵責を忘れたがっている？」彼の声には軽蔑《けいべつ》がこもっていた。

「わからないわ」ルーはなんとかほほえもうとした。

「で、君はなぜ取引を遂行することにしたの？」

「さあ。仕事も家もないし、新しい人生を始めるにはお金が必要だから」

アレックスは頭の後ろで腕を組んでルーを見た。

「そのお金でどうするつもり？」

「世界一周して、戻ったら仕事の経験を積むわ」

「法律の分野？」

「それか先生になるか。ゆっくり考えるわ。まずこの先何カ月かをなんとか生き抜かないと」

「誰かに恋をして結婚することもあり得るし」

「それはないわ」ルーはきっぱり首を振る。

「ずいぶん自信があるね」

「一人でここにいる間にずっと考えていたの。あなたが言ったデイビッドと私の関係のこと」

彼ははっとしたように体を動かした。「そのことなら、謝ったつもりだけど」

「考えてみたらあなたの言うことも一理あるわ。デイビッドは、年も同じで同じ世界に住む幼なじみの私を適当な相手だと思っただけかもしれない。でもそれでは十分ではないのよね。婚約を正式に発表せず、日取りも決めようとしないのを疑問に思うべきだったんだわ。お母さんを思いやっているのだと思ってたけど、彼はお母さんを捨てて出ていったんだもの」

「ルイーズ、自分を責めるのはよすんだ」

「いいえ。現実を見ているつもりよ」ルーは膝の上で両手を握り締めた。「婚約、いいえ、結婚していたら、もっとひどいことになったかもしれない」

「永久に続くものなんかないさ。まして結婚は」

「私は一度結婚したらなんとしても続けたいわ」

「ずいぶん勢い込んでいるな。その意気で君に割り当てられた仕事をこなして、祖母の前で僕の奥さんの役を演じてもらいたいね」

「あの……実際に結婚しないで、したふりをしているのではだめ？　あとで面倒がないから」

「残念ながらだめだ。セリーナのことだから結婚証明書を見せろと言うに決まっている。簡単な式でもかまわないから一応挙げないと。金はかけずに」

「そう。もしかしたらお祖母《ばあ》様のところに行ったのではないかと思っていたわ。話をしに」

「祖母は毎年この時期は友人を訪ねて旅行するんだ。会うのはローシャンプトンの誕生会で、だな」

　愛情を込めて家の名を口にするのを聞いて、ルーはそこが彼にとってどれほど大切かを思い知らされた。もし結果がうまくいかなかったら……。

「家の中を見た？」

「台所には本当に何もないのね。冷蔵庫にも」

「そうだ。食べ物がなかった。内線電話の使い方を教えておけばよかったな。レストランから何か取ることができたのに。サンドイッチでも注文する？」

「いいえ。それより、食料を買ってきてもいい？」

「もう家庭ごっこかい、ダーリン」

「パンとかミルクよ。ディナーの材料じゃないわ」

「しばらくはここが君の家だ。好きにしたらいい。ただ僕の気に入っているコーヒー豆と君のハーブティーは切らさないように」

「ココアを飲むこともあるわ」ルーは立ち上がった。

「よければ休んでいい？　長い一日だったから」

「まだ始まったばかりだよ」

彼が立ち上がるのを見て、ルーは飛びのきたい衝動を我慢した。

「何か必要なものがあったらテレビを見ているから声をかけてくれ」

あるわ。寝室のキー――だがそれを口にするのはためらわれた。明日まで待とう、とルーは思った。

「おやすみなさい」明るく言ったつもりだったが、妙にその言葉はむなしく響いた。

「いい夢を見るんだよ」

とんでもない。悪夢に決まっているわ。

まだ頭が痛いし、泣きすぎて目がひりひりする。アスピリンは持っていないから、熱いお風呂にでも入るしかなかった。

お湯を張り、バスオイルを垂らしながら、いちばん厄介なのはアレックスのお祖母さんをだますことではない、とルーは考えた。難問は、彼と同じ家で生活し、彼が部屋に入ってきても飛び上がったりせず、近づいても平気な顔をしていることだ。彼が近くにいても平然としていられるための特訓コースがあったらいいのに。彼は少しも動じないようだけれど、そうよね。女には慣れているのだから。なんとなく心が痛んでルーは顔をしかめた。

香りのいいバスにゆったり浸《つ》かると心の葛藤《かっとう》を一時忘れることができた。いつか今が過去になる時が来るとルーは自分に言って聞かせた。早くその時が来てくれたらいいけれど。

分厚いふかふかのタオルで体を拭《ふ》き、ボディローションをつけてから持ってきたストラップつきのシンプルな白いナイトドレスに着替える。

花嫁のようだわ――鏡を見てルーは考えた。赤いフランネルのパジャマでもあればよかった。

リラックスはしたが眠くないので、枕《まくら》に寄りかかって本を手にしたが、読んでも筋は少しも頭に入らず、何度も初めに戻らなければならなかった。

　二章目に入った時、ノックの音が聞こえたような気がした。本が手から滑り落ちた。

「誰なの？」

「ほかに誰がいる？」いらだった声を聞いてルーは少しほっとした。「いいかな？」

「もうベッドに入っているの」

「そう？　寝室で？　珍しい。ぜひ見なくては」

ドアが開き、盆にマグとビスケットの皿を乗せたアレックスが入ってきた。

「いったい何事？」

「ココアが好きだと言うから君のために頼んだ」

「まあ」ルーは舌先で乾いた唇をなめた。「それは……ありがとう」

「そうそうあることではないから、楽しんでくれ。昼が早かったし、おなかがすいて眠れないかと思って」

「え、ええ」

「このベッドの寝心地はどう？　僕は使ったことがないからね」彼はベッドの端に腰かけた。

　ルーは不安になり、じりじりと体をずらした。

「大丈夫。ここで寝るつもりはないから。どうしてもと言うなら別だが君がそう言うはずはないし。だから安心していいよ」

「心配してなんかいないわ。あなたはばかなまねをして取引を棒に振ったりしない人だと思うから」

「そうだけれど、契約に調印したいとは思うね」彼は軽く、でも官能的にルーの唇にキスをした。

　身を震わせて飛びのき、悲鳴をあげて彼の顔を引っかきたかったが、そんなことをしたら動揺したことをばらすのと同じだ。絶対に彼にそれを悟られたくないので、ルーは必死にその場にとどまり、じっとしたままキスを受けた。

　唇が離れ、緑の瞳が問いかけるように注がれると、ルーはクールに冷笑を込めて言った。「私のことを、今のうちにどんなだか確かめたつもり?」

「そうだよ。思っていたとおり氷みたいに冷たかった。君の望みどおりにね」

「それを聞いてうれしいわ。これからはあなたも私に近づいたりしないだろうから」ルーは振り向いて枕を直した。「そろそろプライバシーを返して」

彼の視線が鋭くなったのを見て初めて、動いた拍子にナイトドレスの紐《ひも》が肩から滑り落ち、胸の上部がむき出しになっていたことにルーは気づいた。

アレックスは舌打ちをして身をかがめ、紐を肩に戻してくれたが、そのついでにわざとらしくルーの肌の匂いを吸い込んだ。

「気をつけないと誘惑していると誤解するよ」彼はそのまま出ていきかけ、戸口で振り向いた。「ココアを飲むんだよ」

もう少しでココアのマグを彼に投げつけようとしていたルーは、やっと自制心を取り戻した。こうなることは予想できたのだから、とにかくクールに振る舞わなくては。キスも、肌に触れた指先の感触も無視しなくては。

だがルーの鼓動はひどく速くなっていた――いいえ、平気よ。彼にも何も悟られなかったはず。アレックスのように恋愛慣れした人に少しでも弱みを見せたら、狙《ねら》われるに決まっている。獲物を狙う動物のように襲いかかってくるわ。

でも彼は、いつかは私を抱く気でいる。そんなことはしないと言ったけれど、それは〝もしかして〟ではなく〝いつ〟という問題だ。時間と、二人の距離の近さがその時を決めるのだろう。指輪がはめられ、私が血を騒がせる熱いものに押し流されたら、きっと彼に抵抗する理由を見失ってしまう。

どこかさめた思いで、ルーはアレックスが自分に対して及ぼす力を自覚していた。彼の持つパワーに、私は会った時からなんとなく気づいていた気がする。それを認め、恐れていたような……。

　正直なことを言えば、彼のキスは既にルーの心を侵略していた。キスされたとたん、彼を求める思いが鋭く胸を刺した。あのまま彼の首に腕を回して引き寄せるのは簡単だった――でもそれをしたらおしまいだわ、とルーは身震いした。

　私が抵抗できない力を彼が持っているのなら、なおさら関心を持たず、石のようになっていなければ。絶対に彼を半径一メートル以内に近づけないわ。そして甘やかされた自信家の彼に失敗というものを経験させてあげる。女は誰でも手に入ると思っている彼にショックを味わわせてあげるわ。

　彼にとってはこれもゲームにすぎない。しかも彼は絶対に勝つと信じている――ルーは苦々しく考えた。未経験の私が珍しくて挑戦しがいがある、うまくすれば家を手に入れるついでに思わぬボーナスも手に入るかもしれない、と思っているんだわ。

　見ていらっしゃい。うまくやって、手に入れられるものは手に入れてみせるから。私にとって、これはゲームなんかではない。本気よ。彼のものには絶対にならない。アレックスは私が新しい人生に踏み出すための切符だけれど、それだけのものとして彼を見るのよ。さもないと肉体関係と愛を取り違えた、彼の過去の女性の一人になってしまう。

　私だって愛をよくわかっているとは言えないけれど、と悲しい思いでルーは考えた。そうでなかったら今ごろアレックスの操り人形になって踊らされたりしてはいないわ。でも最後の線は崩させない。

　明日から始めよう、と彼女は自分を戒めた。彼の男性的な魅力についふらふらとなってしまう私の五感を制御しなくては。

　今はとりあえず、安全なココアとビスケットで心を慰めよう、と思ってふと盆の上を見ると、何かが光っていた。部屋の鍵《かぎ》だった。

彼はこれを使うのは私のプライドが許さないのを知りながら、持ってきたのだわ。意志の力で彼を退けようと私が考えることを察知していたのだわ。さっきのは彼にとってほんの小手調べでしかない。本当の戦いはこれからなのね。

「受けて立つわ」震える声で言ったあと、ルーはなぜか理由もわからないまま、わっと泣き出した。

翌朝起きた時には脱力感と、どこにいるかわからない妙な感覚がルーを捉《とら》えていたが、眠る前に大泣きしたせいか、眠りは深く、夢も見なかった。

時計を見ると寝過ごしたことがわかった。アレックスが来る前に着替えておかなければ、と急いでシャワーを浴び、クリーム色のぴったりしたズボンとクルーネックの同色のセーターを着た。

居間に向かいながらルーは知らない間に両手をこぶしに握り締め、ポケットに入れていたことに気づいた。

アレックスは日曜版の新聞を広げて経済欄を見ていた。横にコーヒーカップが置かれ、残りの新聞が床に散らばっている。

どうやら黒の絹のガウンの下に何も身につけていないようなのに気づいて、ルーの脈拍が速くなった。髪はまだ濡《ぬ》れていてシトラス系の香料が漂っている。

「おはよう。台所にコーヒーがあるよ。ミルクはないが」顔を上げないまま彼が言った。

「ええ」元気をつけるためにカフェインが必要だったし、ガウンからのぞいている日焼けした胸や長い足から目をそらす必要もあった。私がいても彼の日常の習慣は変わらないんだわ、とルーは思う。

戻ってみると彼は受話器を置いたところだった。

「十五分後にスクランブルエッグとスモークサーモ

ンを頼んだよ。いいかな？」

「ありがとう。でも私にもそれくらい作れるのに」

「僕のために料理がしたいのかい、ダーリン？　危険な道への第一歩だな。その次には僕の子が産みたいと思うようになったりして」

「冗談じゃないわ」

「それを聞いて安心した」当惑するふうもなくそうつぶやくと、彼はまた新聞を読みはじめた。

　届けられた料理には、オレンジジュースとシャンパンのカクテル、全粒粉のトースト、バターとマーマレード、コーヒーとクリームも添えられていた。

　空腹だったルイーズは出たものを全部平らげた。

「スーパーの場所を教えてもらえる？」食事が終わると彼女は堅苦しい口調で言った。

「わからないが運転手なら知っている。主婦としての願望を一日我慢できるのなら明日来させるから」

「どうしてそんな必要があるの？」

「そのほうが便利だろう？　いちいち逆らうね」

「人に行動を規制されるのに慣れていないの」

「これからは慣れてもらわないと。僕も生来の横柄な態度を慎むように気をつけるけど。それに僕の……忠告は君のためを思えばこそのものだ。わざわざ込んだバスや地下鉄に乗る必要がどこにある」

「どうしてそういつも自分が正しいような言い方をするの？」

「長年の習慣さ。怒らせたついでにもう一つ。過去を忘れて将来に目を向けるようにしたらどう？」

「簡単にはできないわ。いつ自由の身になれるかもわからないのに」

「そこは一時忘れて、タージマハールの夕焼けやグレートバリヤーリーフのことだけ考えるんだね」

「で、歯を食いしばって今の状況を我慢するの？」

「歯を食いしばっている花嫁では幸福なカップルに見えないからな。少しなんとかしてもらわないと」

「どうしたらいいの？」

「そうだな、まずリラックスすることだ。今は高圧線みたいに、君に近づくだけでびりびり来る」

まともに服を着てくれたら少しはリラックスできるわ、と思ったが口には出せなかった。それに気持ちを惑わされているのを知られてはならない。

「具体的には何をすればいいのかしら？」

緑の目が冷たくルーに注がれる。「少しはほほえむことだ。僕と腕を組んで歩き、コブラが毒を吐くように僕の名を呼ばないこと。誕生会ではダンスをすることになるから、その時は僕の腕の中で石みたいに固くならずにいてくれ。それからもちろん、みんなの前でキスをして見せることも必要だ。つまり、心も体も二人は一体のように振る舞うのさ」

「理想のカップルみたいに？」

「そうだ。劇だと思えばいいんだ。衣装もシナリオもそろっている」顔をこわばらせているルーを見て、アレックスは口元をゆがめた。「その代わり僕はキスを最小限に抑えるようにすると約束する。そうしないほうが好ましい結果を生むと思うけどね」

「そんなことはないわ」ルーはなんとか会話を安全地帯に戻そうとした。「お祖母様がそんなお芝居に簡単に引っかかると本気で思っているの？」

「確かにそれは疑問だが、たとえ祖母が僕の結婚の動機を疑ったとしても、結婚しろという命令に従ったことには変わりがない。だから君は僕にあっという間にさらわれて、まだ地に足がついていない幸福な花嫁を人前で演じさえすればいいんだ」

「それならきくけれど、あなたは人前でどんな夫を演じるつもり？」

「その気は全くなかったのに理想の女性とめぐり合って思いがけなく結婚し、自分でも驚きながらも、幸運に感謝している男」ゆっくりと彼は言った。

「自分にはすべてを手に入れる価値があると信じて

いる人が演じるのは難しい役どころね」

「ルイーズ、もし僕がそう信じていたとしたら、君と会ったあとでそんな考えを改めたはずだよ」

彼は立ち上がると薄い布地の下の力強い体を誇示するように大きな伸びをし、髪をとかしつけながら出ていきかけた。

まさに徘徊《はいかい》するライオン・キングだわ。

彼はドアの前で立ち止まってルーを見た。「着替える間に今日何をするか決めておいて。一日君につき合うよ」

「でも……そんな必要はないわ。一人で大丈夫」

「それはそうだろうが、今はさっき言ったいろいろなことに慣れてもらう段階だからね」

ルーは彼の視線を受け止めた。「慣れが軽蔑を生むかもしれないと思ったりすることはない、ミスター・ファビアン？」

「またコブラがかみついた」口元は笑っているが目は冷たかった。「僕のことはアレックスと呼んでくれ。何度も口に出していればそのうちに呼び慣れるさ。今日も同じだ。僕と一日いたら、少しは僕のことが気にならなくなる」

「私に選択の余地はないようね」

「学習しているようだね。よろしい。今週は時々休みを取って君と過ごしたいと思っているよ」

ルーは目を見開いた。「そんな必要があって？」

「君が熱心なのはうれしいよ。だがいろいろ準備もあるし、君を買い物に連れていく必要もある。結婚式に花嫁がジーンズで現れては困るからね」

「私……自分で服くらい選べるわ」

「確かに。だが今後を考えて一式服をそろえておかないと。それには僕の意見が役に立つ」

「さぞ女性の服に詳しいのでしょうね」

「僕の興味は脱がせやすさだけだ」と彼は言ってのけた。「だがアシスタントのアンディ・クレーンはボンド・ストリートの店に詳しいから、君を案内してもらおう。指輪を買うのだけは僕がつき合うよ」

「ボンド・ストリートで？　正気？　どうして……一時のお芝居のために大金を投じるの？」

「君は僕の妻になる。その間は僕の妻にふさわしい服を着ていてもらう。チェーンストアの安い服とか屋根裏から引っ張り出した古着では困る。アンディにつき合ってもらってまず誕生会で着るドレスと、銀行での昼食会に招かれた時用の服を買うんだ」

「そんなところに招待されるの？」

「未来の頭取の奥さんに重役が挨拶《あいさつ》したいと思うのは当然だ」

「まあ、事態はどんどん悪くなるのね」

「心配しなくても取って食われはしないよ。たとえ僕がそうしろと命じてもね」

「それからアンディに美容院を紹介してもらって、ネイルもやってもらうことだ」

「私の髪のどこがいけないの？」

「いけなくはない。僕の枕にその髪が広がっていたら美しいだろうが、それは僕の幻想で終わるんだろうな。とにかく、少し形を整えてもらうんだね」

「わかったわ。ついでに鼻も整形して、豊胸手術もして変身する？」

アレックスはゆっくりルーの全身を見たが、その視線を胸のあたりでわざとらしく止めた。

「いや、そのほかは何も変える必要がないよ」

　余計なことを言ってしまった。これからは口をきく前によく考えるか、黙っていることだわ。

　ルーは気持ちを抑えてクールにアレックスを見た。

「私は田舎のねずみではないわ。ロンドンも知っているし、お守りもアドバイザーもいらない。どこに出てもあなたに恥をかかせたりしないわ」

「だったら好きなようにすればいい。今日のことに話を戻そう。公園を歩いてテムズ川沿いのどこかで昼食を食べるかなと思ったが、どうかな？」

「見物なら結構よ。観光客ではないんですもの」

「そう。君は僕の未来の妻だ。さっきも言ったように僕はお互いに理解し合って、もう少しリラックスできれば、と思って提案しただけだ」

戸口にもたれていた彼が突然危険な微笑を浮かべたので、ルーの脳裏で警報が鳴り出した。

「もちろん、出かけなくたってそれはできるさ。一日ここでゆっくりするのもいいかもしれない。意外な展開を生むかもしれないし」緊張に目を見張り、口を開けたルーを見て、彼は皮肉っぽく笑った。

「おまけにそれなら僕は服を着替える必要もない」

耐えられないほど長い緊張した沈黙が続き、やがてルーが低く言った。「やっぱり出かけたいわ」

「君は年のわりに賢い女性だ。僕はがっかりだが、我慢するしか仕方がないな」

「それはお気の毒さま。でも慰めてくれる相手には事欠かないのでしょう？」

「僕は寂しくないが、いざそうなったら君が寂しいかもしれないよ。それを考えたことはある？」

「いいえ」きっぱりとルーは言った。「私はあなたに払ってもらうお金のことさえ考えたら慰められるもの」ルーは大きく息を吸い込んだ。「それからあなたを二度と見ないですむ時のことを」

一瞬彼が目を細めたので、ルーは今度こそ彼に報復できたとうれしくなったが、次の瞬間、彼は平然としてルーに笑いかけた。「それならなおのこと、君がいる間に最大限に君を利用させてもらうよ」

身の危険を覚え、不安に襲われて自分の体を抱き締めているルーを残して彼は出ていった――ああどうしたらいいのだろう、よほど気をつけないと。

6

ルーは不安な思いでいっぱいだったが、散歩は思いがけずいい気分転換になった。排気ガスの匂《にお》いは別として、太陽の光とぬくもりを彼女は楽しんだ。

公園は休日らしく、ブラスバンドの演奏や芝生の上で寝ころぶ家族たちでにぎわっていた。子供たちの歓声や笑い声があちこちで聞こえている。

アレックスが手を差し出した時、ルーは少しためらったが無言の命令に従ってそっと彼の手の中に自分の手を滑り込ませた。

チノパンツに青いシャツを着て袖《そで》をめくり上げた彼に、行き交う女たちが視線を向けるのがわかる。

どうして私のような女が彼を射止めたのかと思っているのだわ。みんなが本当のことを知ったら……。

ランチは川岸につながれた船の上でとった。日光が川面《かわも》にきらきら反射し、水音がする。ルーがうっとりと見ていると、ボーイがラムチョップとニース風サラダを運んできた。

食べはじめた二人は無言のままだった。ルーは意に反して時折アレックスを見ずにはいられなかった。古典的なりりしい顔立ちなのにまつげが男には珍しいほど長く、その先端だけが金色をしている。

ルーはそのクールな唇が自分の唇に重ねられた時のことを鮮やかに思い出し、一生それを忘れることはないだろうと考えた。

いっそ変な口ひげを生やしていたり、片目だったり、目立つ場所にほくろがあったりすればいい。そうしたら彼のことをいやだと思えるかもしれない。そうだったら彼を拒むのも簡単なのに。

アレックスが頼んだワインを断り、代わりにもらったミネラルウォーターをルーは口に運んだ。お酒を飲んでぼうっとなるのは危険だった。

今のところルーの決意が試されるようなことは何も起こっていないが、朝の意味ありげな言葉は彼が自分をからかうために言ったのか、それとも本気で言ったのかわからず、気持ちが落ち着かなかった。

そう考えていくと、もし彼の言うままフラットで一日を過ごしたら、何かが起こったのだろうかと考えずにはいられない。枕《まくら》にその髪が広がっているのを見たいという彼の言葉も心に引っかかっている。彼とベッドに入ったらどんなだろうかという想像をルーは一瞬だけ自分に許してみた。彼のささやき。午後の日差しが閉じたカーテンのすきまから差し込んで滑らかな褐色の肌に筋を落とす。それとは対照的な自分の肌の白さ。のしかかる彼の重み。

「暑すぎる？」

はっとして顔を上げるとアレックスが眉を寄せていぶかしげに見ていた。

「いいえ」ルーはあわてて水をがぶりと飲んだ。

「どうして？」

「なんだか顔が赤いよ」謎《なぞ》めいた目をして彼はワインを口に運んだ。「何を考えていたの？」

ルーは無頓着《むとんちゃく》な表情を作ってごまかした。「これからは何かすることを考えないと、と思っていたの。ランチやパーティだけでは時間はつぶれないし、買い物にはあまり興味がないもの」

「仕事をしたいとでも？」

「反対？」やっと怪しいイメージが脳裏から消え、息づかいが普通に戻ってきた。

「妻には仕事を持ってほしくないな」アレックスは渋い顔でぶっきらぼうに言った。

「でも、何をして毎日過ごしたらいいの？　家事も料理も必要がなく、ここには友だちもいない。毎日壁を眺めて暮らすなんてできない。そんなことをしていたらおかしくなってしまうわ。精神病院に入れられることにでもなったら、タージマハールに行くこともできなくなるわ」

アレックスは笑わない。「チャリティは？」

「まだ早いわ。私の人生はこれからなんだもの。トレンサム・オズボーンで雇ってもらえないかしら」

「空きが一つあるのは確実だが、君にできる仕事かどうか」

「そんなに難しい仕事かしら？」もう少しでエリーはそんなに頭がよくないわと言いかけて、ルーはあわてて口をつぐんだ。家族の中では周知の事実だが、エリーを恨んで言っていると思われたくない。

「君の能力を問題にしてはいないよ。エリーの後釜《あとがま》はどうかな、と思って」

「なぜ？　現にエリーは私のあとに居直ったわ」

「そのとおり」アレックスはテーブルの上で手を伸ばし、ルーの手の内側をそっと撫《な》ではじめた。小さな快感が渦のようにゆっくりとみぞおちのあたりにわいてきて、ルーは息をのんだ――こんなの……フェアじゃないわ。まだ回復しきっていないのに。

「忠告するよ。ダーリン、やめておきなさい」

「でも……そう簡単には忘れられないわ」

「努力だけでもしてみたら？」彼はルーの目をのぞき込んでほほえんだ。

「だってつい昨日のことよ。それに……あの……手を離してくれる？」

「まだだめだ。心配ないよ。君を誘惑しようと思っているのではないから。理由はあとで説明する」

「わかった。誰かがいて、その人に見せたいのね」

「まあそんなところだ」

「妙なお芝居をするより、私を紹介するほうが早いのではなくて？」

「知ってはいるが、友人ではないからさ」

アレックスはルーの手を口元に持っていき、青く浮き出た血管にキスをした。

瞳がルーを愛《め》でている。セーターを通し、その下のレースを通して、視線が侵入するのがわかる。ルーは血がざわめくのを感じた。気持ちが動揺し、頭がぼうっとしてくる。アレックスの態度が他人に見せつけるためのものだとしても、そのあまりの巧みさに反応しないではいられない。

たいした苦労もせずに彼はやすやすと私をだますことができる。なぜ？　困惑はもちろんだが、それよりも心配になってくる。こんな態度をとられたら私は勝手な夢を見てしまう。危険だわ。

ウエイターが皿を下げ、デザートのメニューを持ってきた。ルーははっとして現実の世界に戻った。

なんだかウエイターに裸を見られたような気分になってルーは腹を立てたが、本当なら彼に感謝するべきなのだ。彼が現れたのでアレックスはルーの手を離してくれたのだから。

食欲はなかったが、ルーは桃のパルフェを注文した。日常的な行為をしなければ、正常な自分を取り戻せない気がしたのだ。

「チョコレートムースを食べる？」アレックスがスプーンに乗せて差し出したムースをルーはテーブル越しに身を乗り出して口に入れたが、そんな親密な行為に、内心ではどきどきしていた。

「僕には君のを試させてくれないの？」

「こんなことをしている自分が信じられないわ」言われるまま彼の口にスプーンでパルフェを運びながらルーは言った。

「恋人同士はこういうばかなことを楽しむものだよ。上出来だ。感謝するよ」静かな口調で彼は言った。

コーヒーとブランデーで食事を締めくくると、アレックスはタクシーでフラットに帰ろうと提案した。

「歩きたいわ。少しカロリーを消費しないと」

「君までが肥満妄想に悩まされているのじゃないだ

ろうね。勘弁してほしいな」

「そんなことないわ。ただこんなにお天気がいいのに家の中にいるのはもったいないと思っただけ」

「そういう見方もあるが、別の見方もあるさ」

その話題は避けて通るほうがよさそうだった。

「さっきのお友だちでない人は、いなくなった？」

「少し前に」アレックスはうなずく。

「誰だったの？　もう話しても平気でしょう？」

「低級なタブロイド紙の記者だ。あいつにつけられたのは今日が初めてじゃない」

「でもなぜあなたに興味を……」言いかけてルーは気づいた。「彼が関心があるのはあなたのお相手の別の女性」

「賢い子だ」皮肉っぽく彼は言った。

突然胸が痛んだことに、ルーは自分でも驚いた。同時に恥ずかしかった。デイビッドに去られた涙も乾かないのに、なぜこんな気持ちに？　しかもアレックスに対して。自分を軽蔑《けいべつ》したかった。

川岸を歩きながら、ルーは気持ちを引き締め、普通の口調で改めてきいてみた。「あなたが今日ここにいるとどうしてわかったのかしら？」

「あのレストランは僕の気に入りの店だ。従業員の誰かを買収したんだろう」

「よくそんなことがあるの？」

「結婚でそういうことがなくなるのを祈るよ。少なくともそれが僕の計画だ」

ルーはそっけなくほほえみを返した。「私がそれほど役に立つなんて今まで気がつかなかったわ」

そうよ。彼は私を利用しているだけ。私はその計画に加わることを承諾した、それだけのことよ。でも物事には限度がある。さりげなく私の気をそそってついでに楽しもうと思っても、それはお断りだわ。

いちばんの問題はアレックスがこれまでに会ったどんな男性より魅力的なことだけど、だからといってさっきみたいな過剰な反応の言い訳にはならない。結局私にとって最も危険なのは彼の魅力ではなく、自分の弱さだわ。それをなんとかしなくては。そうでないとこの状況から抜け出すころにはプライドがずたずたになっている——彼の過去を飾る女の一人になり下がってはだめよ、とルーは自戒した。

その時、横を歩いていた彼が口の中で小さなののしりの言葉を吐いて立ち止まった。

「どうしたの？」

アレックスは突然ルーの肩をつかみ、抱き締めると、抗議の声をキスでふさいでしまった。

ルーはびっくりして思考が停止し、息をすることさえできなかった。

乱暴に扱われたら抵抗もできただろうが、彼の唇は優しくルーの唇を探り、じらすようにその震える輪郭をなぞっている。ルーの唇がそれに応《こた》えて開かれるのは当然のなりゆきだった。

騒々しい車の音が遠くなった。通りがかりの人が目を留めてほほえんでいるのにもルーは気がつかなかった。日光が目にまぶしく、金色のぬくもりが全身に広がっていく。それとも彼の体のぬくもりが伝わってくるからだろうか。

片手がルーの頬を撫《な》で、あごに移り、髪を指に巻きつける。もう一方の手は彼女の背筋から腰に下がっていって体を自分にぴったりと添わせた。熱い舌が入ってくる。

ルーは思わず体をそらせ、声にならないあえぎをもらした。景色がぐるぐる回りはじめ、ルーは本能に命じられるまま彼のキスに積極的に応えていた。

だが彼のキスは始まりと同様、ショッキングなくらい唐突に終わった。それればかりかアレックスはルーをそっと、だがきっぱりと押しのけ、一歩下がって何もなかったような冷静な顔つきで緑の瞳を細めている。たった今自分がしたことを忘れたような態度にルーは傷つき、困惑を覚えた。

「しつこいやつだ。これで満足しただろう」アレックスの声には面白がるような響きが込められていた。

ルーは足が震え、後ろにある手すりにもたれかからなくては立っていられなかった。「誰のこと?」

「エド・ゴッドウィン。さっきの記者だ。つけてきたんだ。手を握るのを見せたくらいでは、僕が真剣なのをわからせてやれなかったようだ」

その言葉はナイフのようにルーの心に突き刺さった。今のもお芝居……優しさも、情熱も、みんな偽物だったのだわ。それなのに私ったら、もう少しで本気になって自分をおとしめるところだった。

ルーは必死の努力をしてコントロールと自尊心を取り戻し、ぐっとあごを上げた。

「でも今の演技で納得したわ、きっと」

「だといいが。彼は使えるかもしれない。ほかのやつらにもこの話が伝わるだろうから」

「同じような記者がまたつけてくるかしら?」

「僕が結婚したという事実をやつらが受け入れるまではね。だが、じきに僕がもうゴシップ欄に登場する気をなくしたことを悟るだろう」

「離婚する時にはきっとまた書き立てられるわ」

「その時はその時で対応を考えるさ」

「ストーカーはどこに行ったの?」

「タクシーを拾ってどこかに行ったよ」

だからその途端にじゃけんに私を突き放したのね……。「私たちもタクシーで帰りましょうか」

「歩かなくていいなら、そうしよう……ルイーズ、驚かせたら悪かった。説明する暇がなかったんだ」

「いいのよ、謝ったり言い訳したりしなくても」

「君の気持ちは気にかけているつもりだ」彼はまたためらった。「やりすぎ……だったかな」

「少しね」努力のかいあってルーはクールな微笑を浮かべることができた。「でも報酬をもらっているのだから文句は言えないわ」

ルーは頭を高く上げ、手の震えを隠すためにポケットに突っ込んでさっさと先に歩き出した。

二週間後、二人は静かな結婚式を挙げたが、ルーにはそれがつかのまの夢でしかなかったように思えた。今、指にはまっている結婚指輪以外は。

テムズの川岸での出来事以来、ルーは自分にできる唯一のことはこの状況をゲームだと考えることだけだ、と心に決めた。厳しいルールがあり、絶対に違反することは許されないゲーム。

アレックスもたぶん同じことを考えているのだろう。あれ以降二人だけの時は息苦しいほど礼儀正しく、その結果卵の殻を踏みつけるのを恐れてでもいるように、二人はどちらも慎重に相手に接していた。

驚いたことに彼はルーの望みどおり、契約を文書にして持ってきた。

「ほら」と彼はそれをルーの膝の上にぽんと投げ出した。「これで君も安心だろう？」

それを読んだルーは目を丸くした。「こんな大金を？　まるで宝くじに当たったみたい」

「喜んでもらえてうれしいよ。みだらな行為は仕掛けない、という条項については勘弁してもらったよ。弁護士をこれ以上ぎょっとさせるわけにはいかなかったんでね。口約束で勘弁してもらおう。君がはっきりと誘わない限り、君には手を触れない」

見つめていたタイプされた文章がだんだんにじんで見えてきた。「信用することにするわ」

そしてそれ以来今まで、ルーに不満は全くなかった。面倒を避けるためか、アレックスはフラットに最小限しかいない。理由もなく彼が留守をすることも、たまに帰ってくることも、ルーは同じように落ち着いた態度で受け入れていた。

同時にだんだん新しい環境にも慣れてきた。暖かい天気のいい日が続き、ルーはルーフガーデンで過ごすことが多かった。時にはそのために買った黒いビキニで日光浴をすることもある。これまでにないほど読書をし、ポータブルのCDプレーヤーを買って音楽や劇を聴いた。

まるでそれがルーの本来の生活であるかのように。アレックスの鍵《かぎ》が差し込まれる音を聞くたびに胸が痛んだが、それは絶対に秘密だった。自分の弱さが本当に恥ずかしい。

殻に閉じこもってふさぎ込んでいても、彼はそれをデイビッドとの一件のせいだと思うだろう――それが嘘《うそ》だと知っているのは私だけ。

だが誕生会では、そして来週予定されている結婚式のあとでの、サボイホテルでのお祝いの席では、そんなふうに距離を保っているわけにはいかない。

「僕のアイディアではないよ。父がどうしてもと言ってきかないんだ」前夜アレックスが言った。

ルーはそれを聞いて唇をかんだ。アレックスの父、ジョージには一度だけ、リッツホテルで会った。彼は息子が選んだ花嫁を見て驚いたようだった。礼儀正しい彼は上手にそれを隠したが、彼がこの結婚に賛成ではないことがルーにはわかった。同時に、息子がそんな不釣り合いな嫁を連れてきた理由を、彼が察知していることも。

「きっと気をつかってくださっているのよ。お父様には結婚の証人の一人になっていただいたし」

「親族が一人は入っていないとまずいだろう」

ルーは赤くなった。父に結婚の日取りが決まったことを報告しに一人で家に戻った時の気まずい思い出がよみがえったからだ。

「今ごろになって良心がとがめたのかな？」帰ってきたルーが、父はアメリカに出張するので式には出られないようだ、と告げると、アレックスは言った。

「君を僕に売ったことに罪悪感があるのかも」

「そんなことはないわ。前から決まっていた会議なので急にはキャンセルできないのだそうよ」父の会社で働けないかと尋ねて、あきれた顔で一言のもとに断られたことを話すのはやめておいた。言ったとおりだろう、と言われるのがいやだったからだ。

「マリアンはいつエリーから連絡があるかもしれないと、ずっとコテージにいるからロンドンには来られないんですって」出張というのは嘘で、父もロンドンの家で、同じようにエリーの連絡を待っているんだわ――ルーはなんとかほほえもうと努めた。

「とにかく、アンディをよんでくれてうれしいわ」

　アンディを好きになったのは自分でも意外だった。ガイドはいらないと言うのに、アレックスはどうしてもアシスタントのアンディを買い物に同伴しろと言い張ってきかなかった。

　実際に会ってみるとスリムで金髪のアンディ・クレーンはシックな外見に似合わず陽気で気取らない人柄で、ボスの花嫁に自分の趣味や意見を押しつけるつもりは全くないようだった。

　新婚一年に満たない彼女は、結婚前の準備には自分もうんざりした、とルーに同情的だった。「何カ月も準備をしてもそうだったのですもの。たった数日で何もかも準備するのはさぞ大変でしょう。まあ、ある意味ではそのほうがいいかもしれないけれど」彼女は考えるようにつけ加えた。「時間がなければ結婚に二の足を踏んでいる暇もないから」

　二の足どころか、五の足くらい踏んでいるわ、とルーは内心で思ったが、静かに言った。「アレックスはそんなことをするのを許してくれないわ」

　アンディは瞳を輝かせた。「そうよね」

　超特急で結婚した理由を、彼女も知りたくてたまらないに違いないが、それを口に出すような不作法なまねはしなかった。

　アンディが勧める美容院に行ったルーは、専門家の巧みなカットがもたらす変化に驚いた。豊かだった髪がレイヤーカットにされると、それだけで、全体が洗練された雰囲気になった。

いろいろな知識がある連れがいて、それなりの資金があれば買い物が楽しいことも、ルーは初めて知った。

アンディの勧めで、あらゆる機会に着る服がそろえられた。その中にはルーが買ったこともない美しいレースの下着まで含まれていたが、男性の目を楽しませることを目的にしたそんなものが役に立たないのを知っているルーは、ひそかに唇をかんだ。

美容院ではメークの仕方も教えてもらい、必要な化粧品もそろえた。

ペリンズ銀行でのランチのために、年配の男性はピンクが好きよ、と薄いピンクのワンピースを選んでくれたのもアンディだった。そのせいか恐れていたランチも無事に終わった。

「上出来だった」というアレックスの言葉に、ルーは思わずうれしくなってほほえみ、そんな自分に当惑した。

さりげないウエディングドレスがいい、というルーの希望もあっさりとかなえられた。ナイツブリッジのブティックで、ハイネックで袖のないアイボリーシルクのドレスが見つかった。細い金の縁取りがついた腰まであるそろいの上着がついている。靴はキッド革。バッグは長い金の鎖がついたものだ。かつて夢見た裾《すそ》の長いドレスとベールとは全く違うが、そもそも結婚そのものが、ルーが思い描いていたものとは全然違うのだ。

こうして式は終わり、ルーは正式にミセス・ファビアンになった。今、ルーはサボイホテルに向かうハイヤーの中にいる。外出にハイヤーを使うこともすっかりルーの生活の一部になった。アレックスは細かい点に至るまで自分のやり方にこだわるからだ。

指輪は二人で買いに行った。高級な宝石店の個室で、まずシェリーが出され、次にうやうやしくルーの指のサイズが測られた。アレックスが金にこだわったので、ベルベットの盆に乗せられた様々な金色の指輪が次々に出てきた。仮の結婚なのだから指輪を買うことなど数分で終わると思っていたルーには驚きだった。同時に、二人が生涯指にはめる指輪を選んでいると信じている、にこやかな中年の宝石商がなんだか気の毒になった。

私は偽物の花嫁なんです、と彼に言ってあげたかった。指輪なんか、カーテンリングで十分なのに。

だがルーは黙ってアレックスが選んだ金色の指輪をはめ、きれいだわ、とつぶやいた。

今、彼と並んで座り、手にしたクリーム色と金色のばらの花束を見ながら、ルーは将来のことを考えまいとしていた。この芝居を続けていくストレスや、肉体関係を持たない約束を話題にすることはタブーだが、二人は異なる真空空間に閉じ込められているに等しい。孤立し、互いに相手に手が届かないのだ。

でもそれを望んだのは私だわ、とルーは心の中でつぶやいた。そうしてそうするのが当たり前なんだわ。それ以外は考えられない。

役所で書類にサインをしたあとアレックスが私にキスをしたのも、それが当然期待される行動だったからよ。あの短いキスはなんの意味も持たなかった。だから眠りを妨げる悲しい夢の原因になることはない――そうだといいけれど、とルーはまた自分につぶやいた。車はホテルの玄関に滑り込んだ。

予約されていたテーブルはテムズ川に面していて、既に冷えたシャンパンが用意されていた。ワインの酔いのためか、それとも式が終わってもう後戻りができない状態になったせいか、ルーは少し緊張がとけるのを感じた。

アスパラのタルト、ポテトといんげんを添えた小ぶりの若鶏《わかどり》のワイン煮、リキュールをたっぷりと使ったクリームで和《あ》えたラズベリーという食事はとてもおいしかった。

　コーヒーと小菓子が出されると、ジョージは用事があると言って、そそくさと帰ってしまった。目の色と同色のブルーの麻のドレスを着たアンディもそろそろ銀行に戻らないといけない、と言う。

　ルーは困ってテーブルクロスを見つめた。結婚の理由を知っている彼のお父様まで、アレックスが早く二人きりになりたいと望んでいると思ったのだわ。

　そしてアレックスの風評を知っているアンディは私が彼の熟練を積んだ愛の行為に積極的に応じるような女だと思っているに違いない。

　どぎまぎしたルーがやっと顔を上げるとアレックスが緑の瞳に謎めいた色をたたえてじっと見ていた。興奮とパニックが入りまじった感情がルーの胸を高鳴らせる。

「新婚旅行が延期なのは残念ね」そろって玄関に向かう途中でアンディが言った。「でもアレックスが時期頭取になると決まった今はいろいろなことがあってとてもお休みは取れないわね」

「私は……別にかまわないわ」

「そうなの？」アンディは少しいぶかしげだった。「その代わり、時期が来たらきっとすごい所に連れていってもらえるわ」彼女はルーを抱き締めると、「楽しい一日になりますように」と言ってにっこりと笑った。

　ルーはこわばった微笑を顔に張りつけて、アレックスと並んで二人に手を振り、見送った。

　とうとう二人きりになった——その言葉と同時にアンディのいたずらっぽい笑いが脳裏によみがえった。半分は恐怖で、半分は期待で、ルーの体に震えが走る。

　振り向いたルーの腕にアレックスが手をかけた。

ルーはぎょっとして彼を見る。

「心配しなくても、サボイのような高級なホテルは部屋の時間貸しはしていない。なんならきいてみてもいいけれど？」

赤くなった自分にルーは嫌悪を覚え、冷たく言った。「ばかばかしいことを言わないで」

「そもそもこの状況自体がばかばかしい」彼は短く答えると間を置いて続けた。「シティで会議があるから行くが、君は？　どこかで落とそうか？」

ルーはゆっくりとかぶりを振った。こっけいなのは私だわ。こんなにおめかしをして、行く場所もないし、一緒に出かける人もいないのだから。

「仕事に戻るの？」

「いやかい？」

「ちっとも」急いでルーは言った。「ただアンディが何も言っていなかったから」

「アンディはこの件については知らない。昨日夜になってから決めたから」

結婚式の日だというのに私はひとりぼっち。彼は一度も私をきれいだと言ってくれなかった。戸籍係の前で、にこりともしないで私の手を取っただけ。

ルーは心の中でため息をついた。「私はフラットに戻るわ」

「そうか」彼の合図で待っていた車が近づいた。

早く私から離れて一人になりたいのだわ、と思ってルーは傷ついたが、それもまたこっけいだった。

車がストランドに滑り出したところでルーは言葉を選んできいてみた。「私、何かまずいことでもしたかしら？」

「そんなことはない。完璧《かんぺき》だったよ」

「だったらなんなの？　やっぱり結婚したくないと今になって気づいたの？　もう遅すぎるわ」

「実はそうなんだ」アレックスの平坦《へいたん》な口調の裏に怒りがこもっているのにルーは気がついた。「役所で、やっぱり結婚は僕には合わないと気づいたんだが、牢獄《ろうごく》の扉はもう閉められた。僕は囚人だ」

痛みがルーの心を引き裂いたが、彼女はやっとの思いでうめき声を出すのを我慢した。

「自分で仕掛けたわなに自分がかかったのよ。大事な遺産にそれだけの価値があることを祈るわ」

「それは疑っていないよ」ぼそりと彼は言う。

フラットに着くまで二人は言葉を交わさなかった。

「中まで送ろうか？」そう言ったものの、アレックスの心はもうミーティングに飛んでいるようだった。

「いいえ。さっさとそれぞれの生活に戻りましょう。私に当たることはないじゃないの」ルーはできるだけ軽い調子で言った。「あなたさえ上手にやれば、早くごほうびがもらえるわよ」

ガードマンの横を抜けてエレベーターに乗ったルーは怒りで震えていた。私は彼を手伝ってあげているのに、結婚した日にさえ何もしてくれないなんて。

牢獄ですって？　ここは私にとっても牢屋だわ――そう思いながらルーはフラットに入った。どんなに豪華でも格子の中に孤独に閉じ込められていることに変わりはない。

でも、私はこの牢獄から出ていきたくなっている……ルーは宙を見つめて、青ざめて居間に立ち尽くし、自分が今考えたことの意味を問い返した。

そして無言の悲鳴をあげた。信じられないし、なぜかわからないけれど、私は彼を好きになってしまった。いいえ、愛してしまった。だから昼間は彼のことを思い、孤独な長い夜は彼の夢を見るんだわ。けれど彼は私のことなどなんとも思っていない。逆に早くも自由を失ったことを悔やみ、できるだけ早く私と別れようと考えている。

そうよ。今も、将来も、彼が私を求めることは決してない。その証拠が契約書だわ。ああ、神様、どうしよう。だけど私にはどうすることもできない。

7

ルーはソファの端に座り、熱い涙が頬や鼻の先から流れ落ちるのもかまわず、指にはめた結婚指輪をぐるぐると回していた。

　そんなばかな、と思うがたった今気づいたことの前でほかのすべての選択肢が消えてしまった。

　これは愛ではなく、キスをされたりして肉体的にひかれてしまっただけだから、会わずにいれば忘れられる、と思おうとしたが、本能的にそうではないとわかっていた。たぶん会ったその時から彼を意識していて、それがいつの間にか彼を強く求める気持ちに変わっていき、アレックスが日常の一部になった今では、姿を見たり、声を聞くのがせめてもの慰めになっているのだわ。それ以上は許されないから。

　アレックスのほうは便宜のために私と結婚しただけ。お祖母《ばあ》様との戦いに勝つために形だけの妻が必要だっただけ。この結婚は金銭的な取引にすぎない。お互いにとって都合のいい、私的感情を交えなくてすむビジネス。私も今までそう思っていた。

　正確にはそうではなかった。彼にも感情はあったのだから。後悔。あわてて結婚し、悔やんでいる。

　私を選んだのは、魅力を感じない女なら用がなくなった時に別れるのが簡単だからだわ。

　彼は本気で私を誘惑したいなんて思ってはいないわ、とルーは自分に言い聞かせた。女を誘うのは日常茶飯事だからそばにいる私にも手が出るのだろう。責任を伴わないその場だけのお楽しみとして。

　どちらにしろ、どぎまぎする私をからかって遊んでいるだけだわ。動揺させて思いどおりにしようとしているだけ。そして彼の思惑どおりだった。私はそんな彼を正面切って拒めないのだもの。

ただ、一晩か二晩楽しみたい気はあるとしても、気ままなセックスを楽しむ相手としては私が適当でないことは感じていたはず。未経験の私なんかすぐ飽きられるだろうし、あと腐れなくけろりと別れられるタイプだとは思っていないだろう。

でもだからこそ、私を選んだのだわ。私が望むのは彼ではなく、お金だということを知っていたから。そういう女なら面倒ではないと思ったのね。

今思えば、彼のキスに積極的な反応を示してしまったことが彼を警戒させたのかもしれない。思っていたほど私が無関心でないのを知って、急に避けるようになったのかも。

ルーは長く震えるため息をもらした。自分に起きていることが信じられない。なんということをしてしまったのだろう。アレックスなんか、絶対に好きになれないタイプだと思っていたのに。理想の男性は静かで飾り気がなく、全面的に寄りかかれる人だと思っていた。一緒に平穏な幸せな家庭を築ける、デイビッドのような人……。

でも彼は私を裏切り、妹と駆け落ちした！

皮肉なことに、ふしだらな生活をしていて、結婚なんか退屈だ、と思っているアレックスのほうがずっと正直な人間だった。あんまり正直すぎる……ルーは車の中での彼の冷たい態度を思い出して涙をぬぐう。家を手に入れることに夢中になるあまり自分で墓穴を掘ったことに気づいて、腹が立ったのだわ。

初めから彼を愛しても展望はないと言われていたのに――ルーは苦い微笑を浮かべた。でも愛に分別はなく、現実的でもない。しかも意志に関係なく生まれることもある。彼への思いはいつの間にか私の心も体も頭も占拠して、私を苦しめている。

デイビッドに対しては、苦しい気持ちはなく、安心感だけがあった。アレックスを愛するのは下に綱もない綱渡りをするのと同じ。しかも今、私はそこから落ちかけている。危険だと、彼に最初から警告されていたにもかかわらず……。このままだと、粉々になり、もとに戻れないかもしれない。

彼は絶望することなんかないわ。契約書がなくても、いやならすぐさま弁護士を雇って離婚を進められるのだもの。でもこんなに早く嫌気がさすのなら、誓約書にサインする直前にでもいいから、そう言ってくれたらよかったのに。その時は傷ついただろうけれど、こんな思いをするよりましだった。

ルーはのろのろと立ち上がり寝室に向かった。壁の鏡に映る自分は朝の生き生きした自分とは別人だ。もしかしたらけさはどこかで、花婿にほめてもらえるのを期待していたのかもしれない。

花嫁が結婚式で泣くのは当たり前かもしれないけれど、ひとりぼっちで泣く花嫁は珍しいわ、とルーは自分に話しかけた。

さっき怒ってフラットに駆け込んだ時には、花嫁衣装を脱いではさみで引き裂いてしまいたかった。じきに消え去るこの結婚同様、早くこの世から抹殺してしまいたかった。

だがルーは脱いだドレスを大切にハンガーにかけ、ワードローブの奥にしまい込んだ。

すてきなドレスだけれど、何も状況を変えてはくれなかった。でもドレスのせいではないわ。もう一度これを見る元気が出た時には古着屋に持っていってしまおう。

ルーは居間の床に投げ捨ててあったブーケを拾い、丁寧にほどいて、ばらの花をベッドサイドの花瓶に入れた。アレックスにもらったものだから……自分でも最低だと思いつつ、そうせずにはいられない。

風呂のお湯を張りゼラニュウムオイルを入れて浸《つ》かり、頭を空っぽにして涙の跡を洗い流す。

彼を責めるのはお門違いだわ——厚いタオルで体

を拭《ふ》きながらルーは考えた。条件を承知で同意したのだもの。責任は自分にある。

そして、何があってもアレックスには彼を愛していると知られてはならない。今ですらつらいのに、それを知られたらどれほど屈辱的なことか。

花嫁の痕跡《こんせき》をいっさいぬぐい去ってアレックスを迎えよう。ジーンズとTシャツ姿の、実際的で冷静で、要求はいっさいせず、相手の領域に入り込まない、穏やかで友好的なルーに戻って。

しばらくはこの仮面劇を続ける気が彼にあるのなら、まだ偽の花嫁を演じてもらいたいと彼が思っているのなら、これからは台本を忠実になぞって演技をするわ。特に来週末の誕生会では。

ルーは苦い表情を作った。もろい基盤の上に成立しているこの茶番が成功するかどうか、その時に本当に試されるのだわ。その時にも彼が結婚したことをまだ悔やんでいるようなら、絶対にそぶりに出てしまい、子供にさえ芝居だということがわかってしまうだろう。でも戻ってきた彼にそれをわざわざ言う必要はない。

もし戻れば、だけれど……ルーは口に出してその言葉をつぶやいた。これほどひしひしと孤独を感じたのは生まれて初めてだった。

時間はのろのろとしか進まなかった。夜になり、ルーは結婚のお祝いの食事にするつもりで用意しておいたシーフードリゾットを作りはじめた。アレックスが一緒に食べてくれたら、とかなえられるはずのないことを考えながら。

それがどうしたの？　コテージで私が作った料理をほめてくれて、ケータリングを始めたら、と言ってくれたけれど、ここに来てからはコーヒーしか作らせてはもらえない——ルーはこれもお祝いのつもりで買っておいた白ワインを開け、グラスに注《つ》いだ。

父の会社で仕事がもらえないのなら、いっそケータリングでもやってみようか。ペリンズ銀行での昼食会もケータリングだった。同じような仕事ができないかしら？　考えてみる価値はあるかもしれない。この暮らしは続かないのだし、何かをすれば気を紛らすことができる。

リゾットはおいしく、ルーは勘が鈍っていないことに満足した。ワインは二杯で止めておく。彼ときちんと話さないと。その時に頭がはっきりしていなければまずいわ。話すのは早いほうがいい。できれば今夜のうちに。

後始末をして台所を片づけ、居間でテレビを見たが、アレックスに何をどう話そうかと気になって、画面が目に入らなかった。何より、その時には絶対に本当の気持ちを悟られてはならない。

知らない間にうとうとしていたルーは、初めてもう深夜を過ぎたことに気づいた。こんなに遅くまで帰らないなんて何かあったのだろうかと不安になる。

一時間しても彼が帰る気配がないので、ルーはあきらめてベッドに入ったが落ち着かず、眠れないままアレックスが戻る気配に耳を澄ませていた。

もしかしたら、急病か交通事故で病院に運ばれたのではないだろうか……そんなことはないわ。動悸《どうき》を静めてルーは考える。別の女性の腕の中で新婚第一夜を過ごしているに決まっている。

ルーは思わずうめき声をもらして寝返りを打ち、枕《まくら》に顔を埋《うず》めて、声だけでなく、脳裏に浮かんでくる耐えがたいイメージを押し殺した。

やっと眠ったが、今度は岩だらけの荒野を彼の名をむなしく呼びながら走っている夢を見た。

翌朝目が覚めると目頭がずきずきし、体が重かった。コーヒーを飲んでしゃきっとしなくては、と思って台所に行く途中アレックスの部屋の前を通ると、ドアは開いていて、ベッドに寝た形跡はなかった。

コーヒーを作り、ポットごと居間に運ぶ。ゆっくりとコーヒーをすすっていると玄関のドアが開き、また閉まる音がした。血の気を失った顔で立ち上がった次の瞬間、アレックスが入ってきた。

着ているのは同じ服だが、ネクタイはなく、ベストのボタンははずれ、シャツの胸元が大きく開いている。目は血走り、ひげをそっていないのであごが黒ずんで見える。どうやら酒を飲んでいたようだ。

「やっとご帰宅？」静かにルーは言った。

「君はここを家だと思っているのか」皮肉っぽく眉が上げられる。「ふうん、面白いな」

無視するほうがよさそうだと思い、ルーは続けた。

「昨夜《ゆうべ》は戻らなかったのね」

「見てのとおりだ。初夜に僕がうろうろしないほうが君にとってもよかっただろう？」

身構えるように体を固くしたルーに彼は笑いかけたが、その目は笑っていなかった。

「そんなに気になる言葉かい、ダーリン？　僕にとっては意味がないけれど」彼はあざけるようにゆっくりと言った。

ルーは視線を落とし、低い声で言う。「私……心配しただけよ。どこに行ったのかわからないし」

「詳しく知りたい？　僕が誰のベッドにいたかを」

自分の体を抱き締めたくなったが、気持ちを彼に悟られるようなことは、彼の言葉に傷ついたということは、態度に出してはならない。想像していたことではあったが、ルーは傷ついていた。

それを隠して顔を上げ、彼を正面から見る。「私には関係ないわ。今後同じことがあっても誰かの家に泊まっていると思って気にしないから」

「君が寛大でうれしいよ」彼は唇をゆがめた。

「関心がないだけよ。それより、あなたはこれからどうしたいの？　結婚したことが気に入らないのなら早速離婚する？　そうなれば新聞記者のお友だちはさぞ喜ぶでしょうね。ローシャンプトンは手に入らなくなるけど、あなたの選択ですものね」

「これほど理解がある奥さんをほうり出したいなんて、僕が考えると思う?」その言葉にはからかうような響きがあった。「いや、かわいい奥さん。結婚はこのまま続けよう」

「わかったわ」ルーは無表情に相手を見つめた。

「ひどい顔をしているのね」

「ありがとう。だが風呂に入ってひげをそったらましになるさ。それに今日僕が寝不足の顔をしていても、誰も驚かない。当然だと思われるさ」

ルーは顔が熱くなるのを感じて自分に腹を立てた。もっと悪いことに、喉元に涙がわき上がってきた。超人的な努力で彼女は声を平静に保った。「コーヒーはいかが? 飲んだほうがよさそうよ」

ルーはポットを手にして台所に逃げ込もうとした。アレックスが突然、前を通りかかったルーに手をかけて引き止めた。「ルイーズ、僕は……」

手を振り払った拍子にコーヒーがこぼれ、床にしみを作った。ルーは燃えるような激しい目で彼を見る。「二人だけの時に触らないで! 人前でも、必要な時以外は触らないと約束したはずよ。守れないなら出ていくわ。覚えておいて」傷つけられた仕返しをしてやりたかった。呼吸が荒くなるのがわかる。

「わかった? 汚らわしい手で触らないで」

アレックスは青ざめ、口元を引きつらせた。「そうか。聖人ぶって、そのうちに寂しくなっても知らないぞ」

込み上げた怒りは困惑や心の痛みをはるかにしのぐものだった。ルーは自分でも知らないうちに手にしていたコーヒーを彼の頭からぶちまけていた。

アレックスの表情が驚きから危険なものに変わっていくのを、ルーは凍りついたように見つめていたが、そのまま空のポットを手から落とし、部屋に駆け込んで震える手で鍵《かぎ》をかけた。

ドアにもたれて耳を澄ませたが、彼が追ってくる様子はない。数秒後、彼が自分の部屋に入る気配がしたが、しばらくするとまた出ていったようだ。銀行に出かけたのだろうか。

ルーはほっとして背中をドアに押しつけたまま床に座り込み、震える口にこぶしを押し当てた。笑いともすすり泣きともつかない声がもれた。クールに友好的に？　そんなこと、とても無理だわ。

「結婚生活にようこそ」ルーは何も目に入らないまま乾いた視線を宙に泳がせ、そうつぶやいた。

花束が届いたのは午後になってからだった。今度は真紅のばら。カーネーションや百合《ゆり》が添えられている。カードにはアレックスの名だけがあった。

仲直りの印だろうか、と思いながらルーはそれをコーヒーテーブルに飾った。

もっと驚いたのは、彼が六時過ぎに早々と帰ってきたことだ。今夜も一人だろうと、ルーはソファに横になってテレビのニュースを見ていた。リモコンのボタンを押して立ち上がり、おそるおそるアレックスを見たが、彼の表情はクールで何を思っているのかわからない。

「花を受け取ってくれたようだね」

「ええ。爆弾がついているかと思ったわ」

「外の歩道に捨てられているかと思った」アレックスは戸口に肩先をもたせかけ、ルーを見やる。

「なぜ私に花を？」

彼は口元をゆがめた。「何かで気持ちを表すべきだと思ったから。だが君に媚《こ》びる気はない。コーヒーをかけられるのは二度とごめんだよ」

ルーは赤くなった。「私……いつもあんなことをするわけじゃないわ」

「普段はあんなにかっとしないという意味？」

その問いかけには答えないほうが賢明だ、とルーは判断した。「スーツがだめになった？」

「洗濯屋は大丈夫だと言っていたよ」

ルーはつんと顔を上げた。「ごめんなさい」

「いや、僕も悪いんだ」彼は一瞬ルーを見やった。

「きれいだということさえ、君に言ってあげなかったんだから。サボイでは男性がみんな僕をうらやましそうに見ていた」意外な言葉だった。

「さあ、どうかしら。でも……ありがとう。外見がどんなに重要か、私にもよくわかっているわ」そっけなくルーはつけ足した。

アレックスは背後に隠していた買い物袋を差し出した。「おわびに食料を買った。一緒に夕食でもどうかと思って」

「私に料理してほしいの？」ルーは驚いて尋ねる。

「やり直せないかと思って」彼は肩をすくめた。

「いやだと言うなら、それでもかまわない。フィレステーキとサラダだから、自分でも作れるさ」

怒ってはいたが、ルーは唇を震わせて微笑を浮かべずにはいられなかった。「あなたが買いに行ったはずがないわ。アンディに頼んだのでしょ」

アレックスはほっとしたような顔になる。「他人として暮らしているわりにはよく僕を理解しているね。料理、僕がしようか？」

「いいえ。私がするから、ワインでも開けて。公平な役割分担だと思うわ」

やっとさりげない友好的な態度が取れたわ、と思いながらルーは台所に向かったが、心中は穏やかではなかった。心臓はどきどきしているし、みぞおちのあたりが妙に震えている。

その日一日、ルーはアレックスが知らない女性と一緒のところを何度も想像しては、それを脳裏から振り払おうと、悶々《もんもん》として過ごしたのだ。だがそのイメージは勝手にルーの意識に入り込み、彼女を苦しめた。まるで間違ってエロチックな映画を上映している映画館に入ってしまい、そこから出られないような感じだった。

　彼と一緒だった女性は、知らない相手とは限らない。ちょっと会っただけのルシンダ・クロスビーの美しい顔と豊満な体はあれ以来ルーの記憶にこびりついている。

　記者が記事にしたがっていたのはアレックスと彼女の仲に違いなかった。クロスビー夫妻はマスコミに注目されている。サリー州の自宅の前の芝生で二人が二頭のラブラドール犬と一緒に写っている写真が、前にゴシップ専門の週刊誌に大きく出ていた。

「ルシンダは僕にとって岩のようなものです。いつも僕を支えてくれる」と夫はコメントしていた。

　家の外でほかの男と会っている時以外は、とルーはシニカルに考えた。

　アレックスの結婚で記者たちは当面ねたがないと思っただろうけれど、シンディと彼がまだ続いているのをかぎつけたらどうなるか。特にクロスビー氏にとっては破滅的な結果になるに決まっている。

　でも彼が何をしても、どこに行ってもかまわない、と正面切って私は言ったのだから、文句を言うわけにはいかない。脳裏に鮮やかに浮かぶ官能的な場面にどんなに心を引き裂かれ、苦しめられようと、それを隠すしかない。嫉妬《しっと》と恐れに無言の悲鳴をあげていても、無関心を装うほかはないのだ。

　ルーは余計なことは考えまいと決め、機械的にサラダ用のドレッシングの材料を取り出した。

「手伝おうか？」アレックスがいつの間にか横に立っていたので、ルーは飛び上がり、手にしていたからしの瓶を落としそうになった。

「いいえ」と答えてこわばった笑顔を作る。「アンディは気が利くわ。新じゃがと、デザート用のレモンタルトまで入ってる」

アレックスは冷蔵庫にもたれた。「見ていてもいいかな？　気が散って邪魔になる？」

何もかもが私の心を乱すわ――そう思ったとたん、彼を求める気持ちが込み上げてきた。けさのようにひげが伸びて二日酔いの顔をしていても、別の女性のベッドから出てきたばかりだとわかっていても。そして私は自分の気持ちをどうすることもできない。

ひげの生え際、あごの線、手、動作。目だけで笑う時の表情や、何より彼の口……。

「ご勝手に」ルーは言った。

「話してもいい？」

「どうぞ。何か特別言いたいことでもあるの？　それとも告白したいことでも？」

「いや、別にない」

ルーは無理に微笑した。「それならローシャンプトンのことでも聞かせて」

「どんなことを知りたいの？」

ルーはドレッシングを作りはじめた。「あなたがそれほど気に入っている理由とか……」

「子供の時からあの家が僕にとって心地よさとか、安定とか、安全の象徴だったから」

「私はそれをみんなデイビッドに求めていたわ」

「れんがやモルタルは人の心より確実だよ」

ルーは唇をかむ。「なぜよくそこに行ったの？」

「両親の結婚生活に波風が立つことが多かったから。子供のころ、父は海外出張が多かった。母を愛してはいたが、ほかの女性に目を向けることを別になんとも思わない人だったから、セリーナは父が気に入らなかった。母はやきもちを妬《や》いてよく父の出張に同行したから、僕はセリーナに預けられ、ローシャンプトンで過ごすことが多かった」

「つらいこともあったのね」だが浮気なのが彼の家の血筋だと知って、内心ルーはたじろいでいた。

「寂しい孤児だったような言い方はよしてくれ」ア

レックスの口調が少し荒立った。「何一つ不自由なく育ったんだ。愛情にも。母が死んだ時も、セリーナが僕を支えていてくれた。今考えると子供に先立たれて自分が死にたいくらいだっただろうに」

「そうね。……お気の毒に」

アレックスは床に視線を落とした。「脳溢血《のういっけつ》だった」あまりにそっけない口調がかえって彼の気持ちを物語っていた。「具合が悪かったのはたった二時間ほどだ。両親はニューヨークにいた。頭痛がすると言うので父が薬局に行って痛み止めを買って戻ったら、にっこり笑ってそのまま……」

彼は首を振った。

「父は長いことうつ状態だったが、やがて友人たちと出かけるようになり、ほかの女性ともつき合うようになった。すぐに再婚するだろうとみんなが言ったが、そうはしなかった。結局、本当に大切なのは母だけで、あとの女性はその場だけの相手にすぎなかったんだ。いまだにね」

ルーは静かに言った。「話してくれてありがとう」

彼女がじゃがいもを洗い、蒸し器に入れている間、どちらも口をきかなかった。

「蒸し器、買ったのかい？」

「ええ、いけなかった？」

「僕が気にしているように見える？」

いいえ――ルーは息苦しさを覚えた。いつもと変わらないわ。そして私にとってはセクシーすぎるわ。

ルーは急いで言った。「どんな家なのか話して」

「大きなカントリーハウスさ。樹木に囲まれていて、十八世紀初期のアン王朝時代のシンプルな造りの家だ。建て増しを重ねて、ダンスができるホールもある。寝室は十室。ロイヤル・スイートを除いてね」

「ずいぶん大げさな名前ね」ルーはサラダの材料をボウルに入れてドレッシングをかけた。

「そこは寝室が二つあって、居間もある。ビクトリア女王が二度、ご夫婦で泊まられたという部屋だ」

「それなのに寝室が二つ？　お二人は仲がよかったと読んだことがあるわ」

「たまには別に寝るのもいいと思ったんだろう」彼はまた目だけで笑う。ルーは穏やかではいられなかった。「とにかく、僕らはそこに寝ることになると思うよ。セリーナは僕にはいつでもその部屋をあてがってくれるから。好都合だろう？」彼は言葉を切った。「テーブルをセットしようか？」

「自分で？　それとも誰か呼んで手伝わせる気？」

「けんかを売る気？　いいかげんにやめろよ」

　食事を運んでいったルーは、ダイニングルームのテーブルの上を見て驚いた。麻のプレースマットの上にグラスと銀のナイフとフォークが並び、銀のろうそく立てのろうそくに火まで灯《とも》っている。

　ルーは口笛を吹いた。「大げさすぎない？」

「かもしれないが、こんなふうに食事をするのは最初で最後かもしれないから、いいじゃないか」

　ルーは明るすぎる笑顔を作った。「そうね」

　生きている限り今夜のことは忘れないわ、とアレックスと向かい合ってキャンドルに照らされたテーブルについたルーは考えた。食事もワインもおいしかったが、何より彼と友だち同士のように話せたことがいちばんのご馳走《ちそう》だった。たまに訪れる沈黙さえ、妙に心地よかった。

「そうだわ、私、あなたの誕生日さえ知らない」

「別に秘密にしていたわけでもないよ」アレックスはタルトを平らげると言った。「八月五日だ」

「獅子《しし》座ね。やっぱり」

「誰かが僕のあだ名を告げ口したんだね」

「そのあだ名、いや？」

「全然。ところでワインは気に入った？」

「ええ。さくらんぼうの味がするわ」

「上出来だ。そのうちにフランスのワイン蔵を回る旅に連れていってあげよう」

「残念だけど、将来行く場所はもう決めてあるわ」

「そうか。忘れていたよ。思い出させてくれてありがとう」彼は少し黙り込んだ。「コーヒーと一緒にブランデーでも飲む？」

「いいえ。片づけたらもう休ませてもらうわ」

「十二時までは起きていても大丈夫だよ、シンデレラ」

前の晩にろくに寝ていないのでなければね、とルーは思った。「それでも早めに失礼するわ」

「それなら片づけは僕がするから、どうぞ」

「あなたが？　台所に下げておいて明日メイドにさせるつもりでしょう？」

「僕はマリアン・トレンサムとは違う」彼はとがめるように首を振ってワインを注ぎ足した。「そのうちに、僕を信用することも覚えてもらいたいな」

ルーはぎこちなく笑って席を立つ。「じゃあ」

「逃げ出したいのならそれもいいさ。いい夢を見るんだよ」彼はルーを見た。「夢は見るだろう？」

ルーは戸口で足を止めてアレックスを見た。椅子にもたれている彼の顔は陰になっている。「もちろんよ。毎晩。誰でもそうだと思うけど」

「どんな夢？　それとも秘密かな？」

そう、絶対に教えられない秘密だわ。あなたの夢ですもの。あなたに抱かれ、キスをされている夢。私たちの結婚が本物で、幸せに暮らしている夢。あなたが狂おしく私を求めている夢。

手を差し伸べるとか、名前を呼ぶとか、少しでもサインを出してくれたら、この場であなたのものになるのに。そうなるはずがないとわかっているから、私は逃げ出すの。誘惑から。失意から。あなたから。

ルーは微笑した。「夕暮れのタージマハールの夢。おやすみなさい、アレックス」彼女はゆっくりと孤独で安全な部屋に向かって歩き出した。

8

「本当に大丈夫？」アンディが疑わしげにきいた。

「アレックスに相談したか、という意味なら、ノーよ」ルーはケータリング会社の名刺をバッグに入れてきっぱりと言った。

「相談したほうがよくない？　奥さんがライバル会社を回っていると知ったらいい気持ちはしないと思うわ。ペリンズに行くなんてことになったらなおさらよ」

「何もせずに、次はボトックスでもやってみようかと考えて一日過ごせと言うの？」

「そんな必要もないのに？　時間を持て余して仕事がしたいのなら、私のような仕事は？」

「アシスタント？　とても向いていないわ」

「私も最初はそう思っていたわ」アンディはほほえんで座り直した。「アレックスに話すのは来週まで待ったら？　明日のパーティのことで、なんだかぴりぴりしているわ。今日はそうでなくても悪いニュースがあったし、爆発されたら困るわ」

「悪いニュースって？」

「私、辞表を出したの」

「まあ」ルーは心からがっかりした。「彼の下で働くのがいやになったの？　あなたがいなくなったら、私、どうしていいのか」

「いやじゃないし、あなたとはこれからもお友だちとしてつき合っていきたいわ」アンディは照れたように笑った。「名付け親になってほしいの」

「まあ。赤ちゃん、なの？　おめでとう」

「ありがとう。アレックスにも理解してもらいたいわ。おめでとうとは言ってくれたけど、午前中ずっと、びっくりした顔で黙りこくったまま。結婚と赤ちゃんを結びつけたことがなかったみたいに。

「そうかもしれないわ」ルーは静かに同意した。「これで彼も気がついたようだから、あなたのキャリアについても何か言い出すかもしれなくてよ」

ルーは赤くなった。「近々やめるの？」

「いいえ。ただ代わりを探す都合上早めに申し出るほうがいいと思ったの。アレックスはスタッフに対する要求が厳しい人だから」アンディは腕時計を見た。「いやだ、もう行かないと、くびだわ」

「私も帰らないと。午後にパーティのドレスが届くことになっているの」

「お葬式のかたびらが届くような陰気な言い方ね」アンディはルーの肩を叩《たた》いた。「きっと楽しいパーティになるわ。二番目に大事な女性を、アレックスはあなたに紹介したいのよ」

「そうかしら？」微笑するのは容易ではなかった。


通りに出ると、その日のロンドンはひどく暑かった。彼にとっていちばん大切な女性って本当は誰？そう考えると胸が痛んだ。式の夜を一緒に過ごした女性？　それとも別の人？

「タクシーが来たわ。銀行で降ろしましょうか？」ルーはわざとらしく大きな声で言った。

アンディが降りてしまうと、ルーはもの思わしげな表情になってシートに沈み込んだ。

アンディがうらやましい。愛してくれる男性と結婚して、彼の子供を身ごもっているんだもの。

それに引きかえ、私は……。

アレックスと食事をしたあの夜をきっかけに二人の関係がよくなるのではないか、友情だけでも培えるのではないかと思った。それが本当の望みではないけれど、何もないよりはましだから。

だがあれ以来、彼は以前に増して家にいない。朝は早く出て、夜は遅くまで戻らない——帰ってくるだけましだわ、とルーは自嘲《じちょう》気味に考えた。たまに顔を合わせる時にはよそよそしく思えるほど礼儀正しい。まるで僕の生活に君の入り込む余地はないと言われているようだった。彼との間に多少でもいい関係が築けたと思ったのは思いすごしでしかなかったのだと、ルーは思いはじめていた。

期待するのはばかだとルーは重いため息をついた。

でももうじき苦しい日々は終わるかもしれない。パーティがうまく運べば、アンディの赤ちゃんが生まれるころには彼の元にいないかも。地球の反対側で新しく生活をやり直そうとしているかもしれない。

そうなったらアンディとの友情のきずなも絶たれるかもしれないと思うと悲しかった。

「ひどい渋滞だ」運転手がルーの白昼夢をさえぎった。「裏道を行きますよ」車はアンティークショップやギャラリーが並ぶ通りに入っていった。路上駐車しているバンを追い越すためにタクシーが速度を落とした時、アレックスの姿が目に飛び込んできた。

最初は夢でも見ているのかと思った。あまり彼のことばかり考えているから、幻を見たのだろうかと。

だが彼は一人ではなかった。隣で女性が彼に腕をかけてほほえんでいる。そして二人が立っているのはホテルの玄関の階段の途中だった。小さいが高級そうなホテルで〈ベルメイン〉と看板が出ている。

悪夢を見ているようだった。女性の赤毛と自信たっぷりの笑顔がルーの最悪の想像を確信に変えた。

終わったと言ったのに。疑わしいけれど信じようと思ったのに、もう自分をだますことはできない。やっぱり私など、彼にとってはどうでもいいのだわ。彼はシンディをあきらめられないのね。危険を冒してでも会わずにいられないほど彼女が大切なのだわ。

悪いのは自分ではないのに、シートにうつ伏せて身を隠したくなった。彼に見つけられるのは耐えられない。私が見たことを彼が知ったら……。

愚かしい反応だったが、わかっていても本能的にそうしないではいられなかった。ここで顔を合わせたら、より傷つくのは自分だから。泣き出してしまうか、もっと恥ずかしい行動に出るかもしれない。

そもそも彼は私に遠慮をする必要はないんだもの。しかも私が傷つくなんて思ってもいないに違いない――喉に上がってきた熱い涙をルーはのみ込んだ。結婚している間は心の内を気づかれないようにするくらいのプライドはまだある。長くならないといいけれど。いつまで耐えられるか自信がないもの。

やっとタクシーが走り出した。ルーは後ろを振り向きたい衝動を抑えつけた。

なんとか意志の力で今週末を切り抜けなければ。上手に幸せな花嫁が演じられれば、それだけ早く自由になれる、と言い聞かせてみたが、心は切り裂かれるようだった。なぜなら、どんなに長い間、どれほど遠く離れても、彼から自由になれるはずはないのがわかっていたから。不幸な報われない愛に一生縛りつけられるだろうとわかっているから。その秘密はこの先ずっと一人で背負っていかねばならない。

家に入るとひどく蒸し暑くて気持ちが悪くなり、ルーは何か飲んでからシャワーを浴びようと決めた。ハイヒールのサンダルを脱ぎ捨てて裸足《はだし》で台所に行き、冷蔵庫からミネラルウォーターを出してごくごくと飲むと、冷たいボトルを額に押し当てた。

パーティに出るのは怖いけれど、息苦しい都会を逃れて田舎の空気を吸うのは楽しみだ。カウンターに寄りかかったルーは、そうしたら少しは物事をはっきり考えられるかしら、と思った。

アレックスの祖母からはどんな扱いを受けるのだろう。結婚のことは伝えてあるが、今のところ何も言ってこない。それがいい徴候か悪い徴候か、ルーにはわからなかった。心は石のように重く、自分が不幸だということ以外、何一つわからない、と思う。

空のボトルを捨てた時、玄関のブザーが鳴った。ドレスが届いたのだろうと、ルーは廊下を急ぐ。

スカートがふくらんだ赤いタフタのストラップレスのドレスは、ひと目で気に入ったものだった。クラシックな形は細身の体を引き立て、深紅は白い肌を明るく見せて、華やかさを添えてくれる。

本当の意味でアレックスの奥さんになることはなくても、一夜だけでも人前でその役を演じて、せめてアレックスに誇らしい思いをさせてあげたかった。

リボンをかけた箱を捧《ささ》げ持った配達人を期待してドアを開けたルーは、喉に手を当てて後退した。

「デイビッド？」悲鳴のような声が出た。

「やあ、ルー」気まずそうに彼は言った。「会えてうれしいよ」

ルーのほうはとてもそうは言えなかった。会うとは思っていなかったばかりか、二度と会いたくないと思っていたことにルーは初めて気づいた。

動揺する気持ちを抑えて息をのみ、彼女は言う。

「何を……しに来たの？　なぜここが？」

「エリーがまだファビアンの住所を持っていた。入ってもいいかな？」

ルーは機械的に一歩下がって道を開けたが、そうしてしまってから、自分がそうしたくなかったこと、帰ってほしいと告げるべきだったことに気がついた。

下唇をかみ締めてデイビッドのあとから居間に入ると、彼は賞賛するように部屋を見回していた。

「いやあ、たいした幸運をつかんだんだね」

かすかに傷ついたような調子をかぎ取って驚いたルーは、敵意を込めて彼を見た。「私がみじめな思いをしてるのを期待していたの？」

「もちろんそんなことはないさ」彼は口ごもって続けた。「ルー……何もかも、最低だ」

「そうなの？」

「うん。僕がばかだった」

彼をフラットに入れたことがますます悔やまれて、ルーはいらいらと歩き回った。ついこの間までこの人と結婚する気でいたのだわ。今は会いたくもないと思っている。短い間になんて変わったのだろう。一刻も早く帰ってほしい。「なんの用?」

「謝りに来た。エリーとのことは人生最大の過ちだ。許してほしい」

「もういいわ。さ、帰って。あなたはここに来るべきじゃなかったのよ」

「だが今のままではだめだ。あんな最低な男と一緒になって君が幸せになれるわけがない。それにエリーと僕はもう終わったんだ。ほとんど」がっかりしたように彼はつけ加えた。「彼女と母はいがみ合っているし、エリーは僕の給料ではとてもやっていけないと言っている。家を売ってロンドンに仕事を見つければ、自分もトレンサム・オズボーンに戻って共稼ぎをするって。かわいかったのに、すっかり変わってしまった。金のことばかり言っているよ。アレックスのような男とつき合っていたからだろうが」彼は嫉妬《しっと》と嫌悪が混ざった目であたりを見た。

「でも最初からアレックスと結婚したがってはいなかったわ。彼が怖いって」

「退屈な相手より怖い相手のほうがましだと思いはじめたのだろうよ」彼は弱々しく言った。「アレックス・ファビアンはすべて自分で決めたがる人間で、思いどおりに操れないからむっとしたのかもしれない。とにかく今になって恵まれた生活が惜しくなり、彼のようにあちこちに連れていってやれない僕を軽《けい》蔑《べっ》しているんだ」

「信じられないわ。私にはエリーのことがわかっていないとアレックスには言われたけれど」

「僕にもわかっていなかった。帰ってからは毎日が地獄だ。母は文句ばかりだし、友人の半分は口もきいてくれない」

「同情してほしいと言いたいの？」

「そんなことが言える立場ではないが、君が結婚したと聞いて、僕の中で何かが死んだ気がした」

　前回の公演の劇で誰かが言ったせりふみたい。

「私の結婚はあなたとはなんの関係もないわ」

「そんなことはない」哀れな表情でデイビッドはルーを見た。「僕らは仲良くやっていたじゃないか。あのままずっといけば問題なかったんだ。それに」彼は突然話を変えた。「飽きられてファビアンに捨てられたら、君、どうするつもりだ？」

「そのことなら心配いらないわ」泣きわめきたくなるのをこらえてルーはわざと明るく言った。「慰謝料をたっぷりもらって世界を旅して回る予定よ」

「まさか、一人で？　そんな必要はないよ」

　彼女はあきれて彼を見た。「まさか、一緒に行ってあげるなんて言うんではないでしょうね」

「いけないかい？」熱っぽい声で言う。「ルー、悪かった。反省しているよ。やり直してほしいんだ」

「そうはいかないわ。理由はたくさんあるけど、説明する気もない。それから、私の名前はルイーズよ。夫はその名前のほうが好きなの」

「夫……彼との結婚がどんなものかはエリーに聞いているよ」

「エリーが話したことが全部ってわけではないわ」ルイーズはドアに向かった。「さあ、出ていって」

「急に来て動揺させたのは悪かった。先に手紙を書くか、電話をすればよかったんだが、どうしても早く君に会いたかった。チャンスさえもらえたら、僕は君をもう一度幸せにできるとわかっているから」

「とんでもない。私たち、一緒にならなくてよかったのよ。あなたはつい二週間前までエリーに恋していたはずよ。一時的にうまくいっていないだけね」

「頭に血がのぼっていたんだ。今わかったよ」ルイーズはいらだったように言った。「なんでもいいけれど、私には興味がないわ」

「まさか本気で言っているのではないだろう？　僕らの間がどんなだったか、忘れてしまったの？」

「昔のことよ。お互い触れずにおきましょう」

「でも僕は君でないとだめだとわかったんだ。ルー、追い出さないでくれ。君を行かせたりするべきじゃなかった。もう一度チャンスをくれたら、今度こそうまくやっていける。君はすてきだ。感心するよ」

「そんな言葉を聞いている自分に感心するわ」ルイーズは玄関のドアを開けて怖い顔でそこに立った。

「君がそんなに冷たいなんて思わなかった。彼が君をそんなにしたのか？」

「ほかにも要因はあったわ。さようなら」

デイビッドは悲しげな顔で振り向いて去っていった。ルイーズは閉めたドアを見つめてた。

　結婚するはずだった相手がひれ伏して戻ってくれと言っている。本来なら心が惑わされるはずなのに何があってもそんな気にはなれない。

　ルイーズは着ていた黄色の麻のドレスのジッパーを下ろしながら部屋に入り、裸になってシャワーを頭から浴びた。デイビッドは私を求めている。アレックスは絶対に私を求めないだろう——皮肉だわ。流れ出した涙がシャワーと混ざった。落ち着くまで、彼女はそのまま立ち尽くしていた。

　体と髪を拭《ふ》いてから真っ白の部屋着を着た。変わるはずもないことを変えようとするのは無意味だわ。もっと傷つくだけ。それより実際的なことをして気を紛らわすほうがいい。週末のために荷造りをして、ドレスを早く届けてと電話をしよう。

　裸足のままホールを通って居間に入りかけた彼女はまたもやショックを受けて足を止めた。アレックスが背を向けて窓辺に立っていたからだ。

　音をたてていないから気づかれていないだろうとそのまま逃げ出そうとしたが、彼はすぐに振り向いて、眉を寄せてルイーズをじっと見た。

彼女はあごを上げてその視線を受け止めた。なぜ午後のこんな時間に帰ってきたのかしら。もしかしたら、見せかけだけの結婚はもうやめたいと、シンディと離れて暮らすことには耐えられないと宣言するために帰ったのだろうか。

神様、デイビッドのように卑屈に彼にすがったりせずにいられますように。ただでさえ濡《ぬ》れた髪で、靴も履かないみっともない格好をさらしているのに。

愛を交わし合ったホテルから出てきたばかりの二人の姿が鮮やかに脳裏に浮かぶと怒りが込み上げてきて、ルーは顔を赤らめた。怒りは歓迎だった。傷ついたり、相手を求めたりするよりは好ましい。

緑の瞳が細められた。「やあ、ダーリン。驚いているようだね」

「シャワーを浴びていてあなたが帰ったのに気づかなかったから。そう、驚いたわ。こんな時間に帰るとは思っていなかったもの」

「都合が悪かった？」滑らかな口調だった。

「ここはあなたの家よ。好きな時に出入りしていいのよ。それはお互い了解ずみのはずだわ」

「いつもこんな時間にシャワーを浴びるの？」

「暑い時は」言い訳する必要はないのに、なぜか気がとがめる。「なぜ？」

彼は肩をすくめて氷のような冷たい微笑を見せた。

「ただきいてみただけだ。僕の留守に君はいつも何をしているのかと思って」

「私も同じ質問がしたいわ」

「なぜきかないの？」

「答えがわかっているからよ」薄氷の上を歩き出した気分だったが自分でもどうしようもなかった。

「それはどうだか、怪しいな」

奇妙な沈黙があり、緊張した空気にルーは肌が急にひりひりするような感覚を覚えた。

決断を私に告げるのを遠慮しているのかしら。でも心配というより、怒りを抑えつけているようだわ――斧《おの》が振り下ろされるのを息をつめて待っているのに我慢できなくなったルーは、結果はどうなってもいいから正面から彼と対決する決心をした。

「あの……特別に何か理由があって帰ってきたの？」彼の表情からは何も読み取れない。「何か私に言いたいことでも？」

「まあね。だが別の機会にしよう」

彼は近づいてソファに上着を脱ぎ捨て、ネクタイをゆるめると長い足をほうり出すようにしてどすんと腰かけた。その視線がずっと自分に向けられたままなのにルーは気づいた。見かけとは裏腹に彼はぎりぎりに巻いたねじのように張りつめているらしい。

「それ、新しい部屋着かい？」

「先週買ったのよ」なぜそんなどうでもいいことを言い出すの？　なぜ本心を言ってくれないの？

「初めて見るなと思って。そんな……男心をそそる薄い部屋着は一度見たら忘れないだろうからね」

笑いかけられて、ルーは細いウエストを締めている部屋着の紐《ひも》を結び直したい衝動に駆られた。冷ややかだが何も見逃さないような彼の視線が、ルーの心に警戒警報を鳴らしている。

「あなたはこのところお留守ばかりだから」

「そうだ。それが間違いだった。これからは気をつけないと。座って。今日はせっかくこうして帰ったんだから夫婦の会話というやつでもしよう」

「私たちはそのカテゴリーには当てはまらないわ」

内心の震えを無視してルーはわざと軽い調子で言う。

「それに私は用事もあるし」

「そうだろう。どこかに行って、人に会うとか」

「明日あなたと出かける予定でしょう。お祖母《ばあ》様に会ってあなたが理想の夫になったことを見せびらかすために。その時に着る服を早く届けるように、店に電話もかけないといけないわ」

「急ぐことはない」彼は向かいのソファを指さした。

「それとも僕から出向いて無理に座らせようか？」

そんな必要はないわ――ルーはしぶしぶ腰を下ろすと、ぎこちなく体をこわばらせ、部屋着の裾《すそ》を気にして引っ張った。

アレックスはソファにもたれて髪を手ですいている。「何をびくびくしているんだい？」

「別に。平日のこんな時間に帰ってきたからびっくりしただけ」

「女性に相手をしてもらいたくなったからかな。それがそんなに意外？」

ルーは胸を裂かれるような気持ちだった。それならなぜシンディとずっと一緒にいなかったの？

「驚くわ。私はリストの上位にランクされていないはずだもの」

「そう自分を卑下することはない」彼は何かを考えるようにルーを見た。「今日は何をしていたの？」

彼女は部屋着の裾をいじくった。「あなたが興味を持つようなことなんか、何も」

「楽しかったことだけでも、教えてくれよ」

いやだわ。きっとタクシーの中にいた私に気づいたのだわ。シンディとまだ続いているのを勘づいた私がどんな態度に出るかを見ているのだわ。

「あなたが出かけてから起きて、朝食のあと、まだあなたに見せていない黄色のドレスを着てアンディとのランチに出かけたわ」ルーは無理に微笑した。

「赤ちゃんのこと、きいたわ」

「うん。いいニュースだ。それから？」

「家に戻ったわ」いいえ、家ではない。豪華な牢獄《ろうごく》よ。「それだけ。つまらないでしょ」

「どうかな。それは君の見方によるよ。でも本当にそれだけ？　何か言い忘れていないかい？　誰かに……会ったとか」

なんて残酷なのだろう。まだシンディと愛人関係にあることをこんな形で私に言わせるなんて。

ルーは膝の上で両手をしっかり組み、勇気を振り絞った。「言わなかったとしたら、別にどうでもいいことだからだわ。私たちの交わした契約の内容に影響するようなものではないから。プライベートではお互い自由なはずよ。何があったにしろ、今週末はちゃんと役目を務めると約束するわ。そうすればあなたに文句はないはずよ」

長い沈黙があった。「わかった。それなら言っておくが、今後真っ昼間から愛人を引き込む時にはひと言言っておいてくれ。知らずに今日のようにやぼなまねをするのは嫌いなんでね」

「愛人？　なんの話をしているの？」

「最上階から下りてきたエレベーターからデイビッド・サンダーズが出てきた。コテージの君の寝室に写真があったから、顔は知っているよ。向こうは僕に気づかなかったようだが」苦々しく彼は続けた。「まだ会社にいるから安心だと、君に言われていたのだろう。安心していたのは君も同じだ。忠告しておくが、昼間からシャワーを浴びるのは疑惑の元だ。それに君の肌に彼の残り香があるとしても、僕にそれをかがれる心配はないんだから、ね」

ルーはショックで、殴られたようにのけぞった。

「私を責める資格がある？」その声は震えていた。「デイビッドがそのために来たと思うの？」

「そう思われて当然だろう。君は裸同然の姿でおどおどしている。それは彼のために選んだのかい？　処女のようなイメージの、それでいて透けそうな服が彼の好みなのか？」今や彼の口調は辛辣《しんらつ》だった。

「勝手に信じたらいいわ。でもデイビッドが来た時にはちゃんと服を着ていたし、約束もなく彼が勝手に来たのよ。ドレスが届いたと思ったからドアを開けたけど、彼とわかっていたら開けなかった」

「突然訪ねてきたというのか？　どうやってここを見つけ出したんだ？」

「エリーの住所録で調べたらしいわ。エリーとうまく行っていないと言いに来たの」

「それは驚きだ」軽蔑したようにアレックスは言った。「彼の話はそれだけ？」

「いいえ……よりを戻したいって」

「感動的な話だ。で、次はいつ会うの？　言っておくが僕のベッドは使わないでくれよ」

「冗談じゃないわ」もう忍耐の限界だった。「ベルメインホテルならどうかしら。いかがでした？」

　突然訪れた沈黙はいつまでも続くように思えた。

「なんの話をしているんだ？」

「あなたの偽善の話よ」立ち上がったルーの全身が震えていた。「ミセス・クロスビーとあなたを見たわ。裏切り者はどっち？」

「ルイーズ、僕が何も知らなかったら、君に嫉妬されていると誤解するかもしれないよ。で、どうする？　マスコミに売ったら大金が手にはいるね」

「でしょうね。でもどうせならあなたに払ってもらうほうがいいわ。すべてが終わってあなたが彼女とローシャンプトンに行き、私が自由になった時に」

彼女は部屋着の裾をはためかせてドアに向かった。

「私は支度をしてくるわ。ドレスが来たら教えて」

　ドアのところまで来ると声が背中から追いかけてきた。静かな口調だが、奇妙にこわばり、傷ついているように聞こえた。「ルイーズ、本当のことを話してくれ。デイビッドは……君の愛人なのか？」

　ルーは肩越しに振り返って唇をゆがめた。「あら、アレックス。何も知らなかったら、嫉妬しているのかと誤解するわよ」ルーは頭を高く上げて部屋を出ていったが、心の中で泣いていたのは彼のはかり知らないことだった。

9

翌日の午後二人はローシャンプトンに発《た》った。武装した中立状態が続くのだわ――ルイーズは半ばうんざりしてそう考えた。

前日、彼女はそのまま部屋に逃げ込んだが、アレックスは追ってこなかった。ルーは泣かなかった――もう泣いてはだめ。今はまだ。一人になったら手に入ることがなかった愛を思って思いきり泣こう。

ルーは機械的に荷造りをした。夕方ティーの時間に到着して、その夜は身内だけの夕食会。誕生会は土曜日の夜。アレックスとダンスをするのはそれが最初で最後になるはずだ。夕方やっと届いた新しいドレスを着て。

「荷物が届いたよ」アレックスがドアをノックした。

「ありがとう」ルイーズは大きく息を吸い込んでドアを開けた。平らな箱を受け取ってドアを閉めようとすると、アレックスに押しとどめられた。

「見せてくれないの？」

「私の趣味がそんなに信用できない？」

「僕らのこれまでの関係に信頼とか信用は存在しないんじゃないかな？」

「私たちの間にはなんの関係もないわ。あるとしたら取引関係だけ」

「そうだとしても、見せてもらいたいな」

ルイーズはしぶしぶ箱を開け、薄紙に包まれたタフタのドレスを取り出して、ためらいながら体に当てると彼を見ずに言った。「これでいい？」

「うん」間を置いて彼が言った。「ありがとう」

アレックスが去るとルーは閉じたドアにもたれた。

呼吸が速くなっているのがわかった。

少しして彼が出ていく気配があった。彼が戻ったのは今日、ローシャンプトンに出発する直前だ。アレックスが運転するのだろうと思っていたが、車の中で仕事をするからと、運転手つきの車だった。つまり彼と話すチャンスも、パーティの前に前日のけんかの和解をする機会もないということだ。

運転手のハリーは礼儀正しく、感じがいいので、ルーは好感を持っているし、後ろの座席の会話は運転手には聞こえないようになっているが、それでもアレックスと話すのはためらわれた。穏やかに話し合えるとは限らないし、口論になればバックミラーで様子が見えてしまう——ルーはシートの端に寄り、アレックスを見ないように努めた。

彼はファイナンシャル・タイムズ紙を勧めてくれたが、ルーは同じように丁重に断った。書類を取り出して読みはじめた彼の厳しい横顔から顔を背けて、彼女は外の景色を見つめながらアレックスに聞かされた、南アフリカの親戚《しんせき》の話を思い出していた。

クリフ・メイドストーンと言ったかしら。セリーナが結婚を考えていたけれど、使い込みか何かで国を出ていかなければならなくなった男性の孫。最近モデルを妻に迎えた、投資アドバイザー。お金にも魅力にも恵まれているらしい。子供のころ祖父に繰り返し聞かされたローシャンプトンにあこがれていたという。アーチー・メイドストーンはそこでセリーナと過ごした思い出を孫に語って聞かせたようだ。

「頭のいい男らしい。ばかなまねを仕出かして大切なもの——もちろんセリーナもだが、すべてを失った祖父は一生後悔していた、と話したらしい」アレックスはその時ため息をついていた。「一生後悔していた、なんて言われて喜ばない女性はいないさ」

「私なら、うれしくないと思うわ」でも私は逆に一生彼を思って後悔しつづける、とルーは思った。

「あの……なぜそんなことまで知っているの？」

「敵を知るのはビジネスの鉄則さ」

「相手も同じことを考えているということね」

「ああ」彼は思い出したようににやりとした。「だが僕には秘密兵器がある。君だよ」

　私はそんなに役に立つ武器になるかしら、その時のことを思い出してルイーズは考えた。お祖母《ばあ》様という人が私を気に入らなかったら？　それともこの結婚が見せかけだけのものだと感づいていたら？

　その時車が速度をゆるめ、背の高い石柱の門を入ってスロープを上がっていった。家が現れた。灰色の石造り。格子状に区切られた窓――見たとたん、ルーはほかのことをすべて忘れてしまった。木々に囲まれてゆったりとたたずむその家は風景に溶け込み、前に広がるよく手入れされた芝生が青と金色に光る湖に続いている。

　やっとルーにも、なんとしてもこの家を譲り受けたいというアレックスの気持ちが理解できた――私も協力してあげたい。アレックスへの愛の贈り物として。最初で最後のプレゼント。

「どう？」

　びくっとして振り向くと彼が微笑を送ってきた。

「きれい。こんなだとは思わなかったわ」私だってほしいと思うわ、とルーは心の中だけでつけ加える。アレックスの将来のプランには私は含まれていない。だからこそ最初から私に膨大な慰謝料を提示しているのだわ――ルーは背筋を伸ばしてバッグを手にした。そのことを忘れてはだめ。

　圧倒されるような玄関に車が停《と》まると、スーツ姿の男性が二人を迎えた。

「ジロウだ。長年奥さんとこの家を管理してくれている。君に会うのを楽しみにしていたよ。いつ花嫁を見せてくれるのかと、僕は大学を卒業した時から彼の奥さんにせかされていたからね」

「そんなことを言われたらなおさら気が引けるわ」

「逃げて帰る？」

「いいえ」ルーはきっと顔を上げる。「仕事ですもの。ちゃんと最後までやるわ」

「では、始めようか」彼はルーの手を取り、ほほえんだルーを伴って歩き出した。

レディ・ペリンは客間の暖炉の横の錦織《にしきおり》の豪華なソファに座っていた。

「お祖母様。妻のルイーズです」

彼女は鋭い目で、ダークグレーのドレスを着たルイーズを観察するように見つめてからうなずいた。

「やっと孫を手なずけてくれたのがあなたね」

「まあ、レディ・ペリン。そんなことはしていませんわ。そのままの彼を好きになっただけです」

「あなたの要求基準はよほど低いのね」ぴしゃりと言うと、彼女はソファの隣を手で叩《たた》く。「ここにお座りなさい。あなたのことを聞きたいわ。アレキサンダーは口が重くて、何も話してくれていないのですよ。私を驚かせるつもりだったようだけれど、本当に驚いたわ。アレキサンダー、あなたは先に部屋に行っていらっしゃい。チャイニーズ・ルームに荷物を運ばせましたからね」

「チャイニーズ・ルーム？」アレックスの声はいぶかしげだった。「ロイヤル・スイートでなく？」

「今回はメイドストーン夫妻がいますからね。あなたが気にしないといいけれど」

「そんなことはありません」彼は無表情に言った。

「話が終わったら奥さんを返してあげるわ」セリーナは薄く笑った。「思っていたより趣味がいいのね」

ルイーズは腰を下ろすと膝に手を置き、落ち着くように自分に言い聞かせた。この恐ろしい老婦人からどんなことをきかれるかと思ったのに、いざ二人きりになるとレディ・ペリンはとても優しかった。家族のことや学歴やこれまでの仕事について細かくきかれたが、心からルイーズに興味を示してくれていることがよくわかった。父とアレックスの仕事上のつき合いが縁で結婚したというルーの説明も、すんなり受け入れられたようだった。

〝嘘《うそ》ではないんだから、妙な話をでっち上げる必要はない〟とアレックスは言ったものだ。

「あの子があわててあなたと結婚したのがよくわかるわ」と老婦人は言った。「最初は疑問に思ったけれど」彼女は言葉を切った。「聞かせてちょうだい。アレックスといて、幸せ？」

思いもかけなかった質問にルイーズは一瞬口ごもったが、自分を励まして顔を上げ、レディ・ペリンの目を見つめてほほえんだ。

「こんなに人を好きになれるなんて、思っていませんでした。それほど愛していますわ」

「質問の答えにはなっていないけど、いいでしょう。アレキサンダーは運がいいわ」彼女は腕の時計に目をやった。「さ、旦那《だんな》さんのところにお行きなさい。ジロウが案内しますから。メイドストーン夫妻が三十分ほどで散歩から戻ったらお茶にしましょう」

ルイーズを部屋に案内してくれたのはミセス・ジロウだった。彼女はうれしそうにアレックスの子供時代のことを話してくれたが、ルーはなんとなく不安で話を聞くのに身が入らなかった。ロイヤル・スイートに泊まることになるとアレックスは言ったけれど、違う部屋だった。それはどんな意味を持つのだろう？

答えはじきに明らかになった。チャイニーズ・ルームに足を踏み入れたとたんに、その部屋の名前の由来がわかった。湖に面した大きな部屋には東洋調の壁紙が張られ、マントルピースの上にも中国製らしい壺《つぼ》が置かれていた。絨毯《じゅうたん》も中国のもので、カーテンと大きなベッドのカバーは鈍い金色だ。

巨大だが一つしかない、明らかに二人用のベッドは、もちろんルーの目に真っ先に飛び込んできた。

話が違うわ……背後でドアが閉まると彼女は窓辺にいるアレックスを見た。「これはなんなの？　寝室は別だからって……」

「セリーナが言っただろう？　ロイヤル・スイートにはメイドストーン夫妻が泊まるって。彼女に気に入られた証拠だ」

「そんな……ここでは寝られないわ」

「残念ながら選択の余地はない。だがこんなに大きいんだから、間に枕《まくら》でも並べて仕切ったらいいさ」

「そんな」ルーは心臓がどきどきしてきた。「いやよ。あのドアは？」

「バスルームだ」

「問題は解決したわ。あなたはお風呂の中で寝て」

「そういう手もある。または天井の電気にぶら下がって寝るとか？　ごめんだね。僕はベッドで寝る」

張り出した窓辺に、金色の眠り竜が背面に巻きついた装飾が施された寝椅子があった。「そうだわ。あそこで寝たらいいわ」

「冗談だろう？　固くて寝心地が悪そうだし、だいいち長さが足りない。三十センチ以上足がはみ出すよ」

「だったら私がそっちで寝るわ」

「そうしたいのなら、どうぞ。二時間もしたら絶対に後悔するぞ」

ルーは怒りのあまり涙が出そうだった。「わざとこうなるように仕組んだのでしょ」

アレックスはあざ笑うように言った。「妻が一緒に寝てくれないんでなんとか同じベッドにしてもらえませんか、そうしたら説得できるかもしれないから、と頼んだとでも思っているの？　少しは現実的に物事を考えろよ、ルイーズ」

「でも、何か方法はあるはずだわ」

「この状況を受け入れることだ。その第一歩として君のドレスをワードローブにつるしておいたよ」

「ありがとう」こわばった声でルーは言った。

「どういたしまして。余計なお世話だと思っているのだろうけど」彼は少し優しい口調になった。「できるだけ協力はする。着替え中は君のプライバシーを尊重するよ。バスルームに入る時には必ずノックしてくれ。それと僕がベッドに入る時は電気を消しておくこと。パジャマは着ない習慣だから」

アレックスの裸を想像したルーは顔が熱くなるのを感じて床を見つめた。「わかったわ」

「たった二晩我慢すればいいんだ」彼はちょっとほほえんだ。「さ、階下《した》に行ってお茶を飲もう」

メイドストーン夫妻はもう席についていた。彼は肩幅が広くて長身で、血色がよく、黒っぽい髪をしている。妻のデラはなよやかなブロンドの美人で、子猫を思わせるいたずらっぽい表情が印象的だ。ことあるごとに白い歯を見せて視線を交わし、体に触れ合う二人をルーはなんとなく気に入らなかった。

レディ・ペリンはこの二人がこの館《やかた》の後継者にふさわしいと思っているのかしら、と不思議に思う。

だが演技とも見える大げさな仕草を、レディ・ペリンは好意的に見守っているようだ。そんな彼女をクリフはいちゃつくようにからかったり、尊敬の念を表して接したり、巧みに扱っている。うれしげにそれに応じる彼女に、デラはモデル時代に会った有名人たちの話を楽しげに聞かせている。たぶん誰だかわからないだろうと思うけれど、それでもレディ・ペリンは興味を示して話に耳を傾けていた。

「仕事をしていたころは楽しかったわ」デラはため息をついた。「ミセス・ファビアン、お仕事は？」

「今は何も。でも企業向けのケータリングの仕事につこうかと思っているの」ルーはアレックスの鋭い視線を避けるようにして言った。

「まあ。お料理がお上手なの？　私はお湯もろくに沸かせないのよ。ねえ、クリフィー？」

「そんなこともないさ」クリフはアレックスに向き直る。「奥さんは料理上手なんですか？」

「なんでも器用にやりますよ。毎日何かしら驚かされることの連続です」

ルーはきゅうりのサンドイッチにかぶりついた。

「そうよねえ。新婚ほやほやですものね」デラが急に口をはさむ。「結婚式はどんなふうだったのかしら？ 私は今でも忘れられないわ」そして自分の結婚式がどんな様子だったのか延々と説明しはじめた。

うっかりアレックスと視線を合わせてしまったルーは、彼が面白がっているのを見て、もう少しで吹き出しそうになった。

やっとデラの長い自慢話が終わると、お茶の時間も終わりだった。レディ・ペリンが話があるから書斎に来るように、とアレックスに命じるのを聞いて、メイドストーン夫妻は不安げに視線を交わした。


ルイーズは幸いとばかり庭に逃げ出した。大気はまだ温かく、蜂《はち》が花壇を忙しげに飛び回っているが、鳥の声は次第に静かになりつつあった。

近づいてくる夜が心に重くのしかかる。フラットで廊下を隔てた部屋に寝るのさえ気持ちが騒ぐのに、同じ部屋に平気で寝られるはずがない。

でもそう思うのは私だけ。彼は気にもしていない。彼がいかに私に無関心か、これでよくわかったわ。

ルーの心は傷つき、血を流していた。その傷は一生消えないに違いない。

湖のほとりに立つと、つがいの白鳥が葦《あし》の間から姿を現し、滑るような優雅な仕草で光る水面を移動していった。見ていたルーは思わず両手で顔を覆った。白鳥は一生同じ相手と過ごすという話を思い出したから。いたたまれなくなってルーは湖に背を向け、歩き出した。

お茶の時間も苦痛だったが、夕食の席は悪夢だった。ルーはクリフの隣に座らされ、アレックスがプレイボーイだということについて、いやみな冗談をさんざん聞かされた——これで改心するといいですね、と。彼は話題を館のことに移した。

「もちろん、ここのことは第二の家のように思っていますよ」満足げに彼は言った。「レディ・ペリンが親切に招待してくださって。きっとデラを気に入ってもらえると思っていた。それに」彼は声をひそめた。「とても丁重にもてなしていただいています」

「で、お国にはいつ帰られるんですか？」やっと彼が息をついたので、ルーはさりげなく尋ねた。

「予定は……状況次第とでも言っておきましょうか。レディ・ペリンと祖父はとても親しかった時期があったようで、僕を見ると祖父のことを思い出すらしいんですよ。だけどあんなことがあったので、別のいとこのペリン氏と結婚するように家族が圧力をかけたようですね。当人同士のことは無視した、仕事上有利な縁組み、というやつです。信じられますか？」

「まあ。信じられませんわ」ルイーズは言った。

食事はおいしかったが、砂をかんでいるようだった。ルーはテーブルの向こうでアレックスに向かってしきりに長いまつげをぱちぱちさせているデラをうんざりする思いで見ていた。

客は老人がほとんどだったので、客間でコーヒーが出されるとみんなそそくさと帰っていった。最後の三十分ほどあくびをかみ殺していたメイドストーン夫妻も、二階に引き上げた。

「疲れているようね」レディ・ペリンは心まで見透かすような目でルーを見た。「もうお休みなさい。旦那様はじきにあなたのもとに帰しますよ」彼女は香水の香りがする頬をルーに差し出した。

キスをしたルイーズは、仕方なく自分たちにあてがわれた部屋に戻った。

夕食前に、ミセス・ジロウに毛布をもう一枚もらいたいと頼んでおいた。気のいい彼女は驚いた様子だったが、部屋に戻るとそれはベッドの上にあった。

ルーはその毛布と枕を一つ、寝椅子に運んだ。服を着たまま寝ることも考えたが、またアレックスに皮肉を言われるのは目に見えているので、仕方なくボイル地のピンクのナイトドレスに着替える。薄い布地が気になるが、ほかにないので仕方がない。それでも着ているだけましだわ――アレックスの言葉を思い出してルーは唇をかんだ。

化粧を落として髪にブラシをかけたルーはいまいましげに寝椅子を見やった。そのほうが寝やすいかもしれないと窓を開けていると、テラスにいる誰かの声が上がってくる。アレックスが祖母とテラスを歩いていることにルーは気がついた。

その時、レディ・ペリンの声がはっきりと聞こえてきた。「クロスビーのことだけれど、アレックス、もうきっぱり手は切ったのでしょうね」

間を置いてアレックスの静かな声。「お祖母様、それがそんなに簡単にはいかないんですよ」

ルーは音がしないように窓を閉めた。アレックスが愛している、別れられない女のことをこれ以上聞くよりは、暑いのを我慢するほうがましだった。そのことを祖母にまで打ち明けているなんて意外だが、それは、ローシャンプトンはあなたに譲る、と彼女が約束してくれたからなのだろう。それで、将来この館の女主人になる女性のことも正直に打ち明けるべきだと思ったのだわ。

ルーは寝椅子に横たわり、毛布を巻きつけて寝心地のいい体勢を探した。アレックスが寝にくいと言ったのは嘘ではなかった。彼が戻るまでに眠りたかったが、三十分後にドアが静かに開いた時もまだ彼女は起きていた。

彼は約束どおり電気を消してくれたが、ルーはそれでも目を固く閉じ、石のように身をこわばらせていた。闇《やみ》の中で聴覚を研ぎ澄ます。彼が服を脱ぐ音がした。思わず彼のキスを思い出してしまったルーは、好奇心に駆られて全身を耳にした。

突然彼がすぐ横に立つ気配があった。温かで清潔な彼の匂《にお》いがして、ルーは息をつめた。彼が何かのサインを待っているのがわかったから。今目を開け、彼の手に触れさえすればいいのだ。

だめ。そんなことはしない。できない……。ルーはわざと規則正しいゆっくりとした寝息をたて、眠っているふりをした。

「おやすみ、ルイーズ」そう言う声が聞こえた。だまされてはいないと告げて、彼は去っていき、次に聞こえたのはマットレスが重みで沈む音だった。

ルイーズは寝返りを打ち、燃えるように熱くなった顔を枕に埋《うず》めた。

10

目覚める前からルイーズは何かがおかしいと気づいていた。固い寝椅子の上にいるはずなのに体が痛くないし、肌にちくちくする毛布の感触もなく、信じられないほど寝心地がいい。だが枕《まくら》はなかった。

ゆっくりと目を開けたルーは空の寝椅子を見てショックで凍りついた。自分はベッドにいる。しかもアレックスの腕を枕に。

ルーはぎょっとして声にならないつぶやきをもらした。「まさか。彼が私を連れてきたのかしら、それとも私が自分で？　なぜ記憶がないの？」だがとにかくナイトドレスは着ている。もし……何かがあったとしたら……わかるはず。

ルーはぐっすり眠っているらしいアレックスの体からじりじりと遠ざかりはじめた。彼は眠そうに何かつぶやき、腕にルーを抱え込む。これ以上ぐずぐずしてはいられなかった。たとえ彼を起こすことになっても、とにかくベッドから出なくては。

ヒップを抱えている手をはずして身をよじってベッドの端に移動すると、アレックスが枕から頭を上げて眠たげな目をぱちぱちさせた。

「おはよう」彼はあくびをした。「よく眠れた？」

「なぜ……ここにいるの？」声がかすれた。

「うなされて、毛布もはねのけて寒そうだったから、ここのほうがいいかと思って。よく寝ていたよ」

「あなたが私のことを思いやってここに連れてきてくれたなんて、信じるとでも思っているの？」

アレックスはひじをついて身を起こした。「ルイーズ、君はすすり泣いていたんだよ。何かが、誰かが必要だった。僕のほかには誰もいないだろう」

「二人の間に何があったか、話して」

彼はルーに笑いかけた。「激しかったよ、君は。意外だった」

一瞬彼の言葉を信じかけたが、気がつくとアレックスはにやにやしている。

「ダーリン、何かされて気がつかないはずがないだろう。君は僕にぴったりくっついて眠っていたよ」

「私は何も知らなかったわ」

「そう？　でも運ばれた時に僕の名前を呼んだよ」

ルーは心臓が止まりそうになった。「そんなこと、信じないわ。それから……どうしたの？」

「二人とも寝た。それだけだ」

アレックスが力強い体を伸ばして伸びをすると、皮膚の下の筋肉がくっきりと浮かび上がった。いつの間にか自分が魅せられたようにそれを見つめていたことに、ルーははっと気がついた。口の中が急にからからになる。

「もっとも、これから状況を変えてもいいよ。君がそうしたいのなら」緑の瞳がルーの目をのぞき込む。「どう？」

「いいえ」前夜偶然聞いてしまった彼の言葉に胸をえぐられて、ルーはうつむいた。「男と女はそこが違うのだと思うわ。男は愛していない相手とでもセックスしたいと思うのだろうけど……」

「まったく最低だな。君は女だから純粋で気高くて、信念に反することはできないというわけだ。そんなに高尚な生活をしていて寂しくなったりしない？」

ルーはあわてて布団をはいだ。「もう起きないと」

「いや、まだ早いし、話しておきたいこともある」

「服を着てからではいけないの？」

「セックスの楽しみは問題外だとしても、せめて普通の夫婦のように、ベッドの中で話そうよ。逃げたら追いかけるよ。そうしたら行き着く先がどうなるか……」からかうように彼は言った。

ルーはその言葉に反抗するように赤くなった。彼の腕の中で一晩過ごしたことを思うと興奮でぞくぞくするが、なるべく早く彼から離れろと理性は告げていた。だが今は動かないほうがよさそうだ。

急に薄いナイトドレスが気になって、彼女はもう一度布団をかぶった。「何を言いたいの？」

「君に謝りたい。よく聞いてくれ。おととい君の行動を批判したことだ。根拠もなくあんなことを言ったが、デイビッドが君の愛人でないことはわかっている」彼は口元をゆがめた。「だが状況が状況だったからかっとしてしまった。悪かった」

「だったらどうして？　それに私が何をしてもあなたになんの関係があるの？　契約外のことだわ」

「妻という言葉に付随する本能的な反応、かな。君の価値も認められないやつにかかわって君が時間を無駄にしているのが腹立たしかったのかもしれない。君はあんな男にはもったいないよ」

「よく覚えておくわ。ほかになければもう……」

「君のほうは僕に話すことはない？」

ルーはためらった。「お祖母《ばあ》様は家のことを何か言っていらした？」

「うん。クリフォードは失望することになるな」

「よかった」ルーは力を込めて言ったが、心は石のように重かった――私の役目は終わったのだわ。

　アレックスはにやりとした。「意地が悪いね。あいつはあんなに君に取り入っていたのに」

「彼の奥さんのほうがもっと熱心にあなたに取り入ろうとしていたわ」ルーはやり返した。

「そんなふうに思っていたの？　驚きだ」

「そうかしら。とにかく、もう行くわ。お風呂に入らないと」

　ルーはベッドから下りて歩き出した――こんなに透けるナイトドレスでなければよかった。アレックスが後ろから楽しげに鑑賞していることはわかっている。名前を呼ばれたので、バスルームに入ろうとした彼女はクールに眉をひそめて振り返った。

「君は僕とベッドで一夜を過ごしたけれど、何もなかったよ。そんなにいやだったかい？」

「わからないわ」ルーは自分でも意外なことに、いたずらっぽく彼に笑いかけていた。「幸いなことに私、ずっと眠っていたもの」

　笑いながらバスルームに入ってドアを閉めると、アレックスが投げた枕がドアに当たる音がした。

　一日半、たったわ――ルイーズはパーティの支度をしていた。

　アレックスは朝食後祖母の命令でクリフとゴルフに出かけた。デラはずっと芝生の上のデッキチェアで爪を磨いたり雑誌を読んだりしていた。

「ルイーズには手伝ってもらおうかしら」レディ・ペリンはおごそかに宣言したが、それは口だけではなかった。パーティの用意は何週間もかけて整えられているのに、彼女は何度もいろいろな変更をし、ルイーズはそのたびにスタッフのもとに走らされた。だがみんなは女主人の気まぐれには慣れているようで、平然としている。

「ご心配なく。結局最後にはもとに戻されるんですから」ミセス・ジロウは言った。「ここでのパーティもこれが最後ですわね。寂しいこと」

「あなた方はどうなさるの？」

「引退して優雅に暮らします。アレックス様がちゃんと年金を用意してくださいましたから。長年楽しく勤めさせていただきましたけど、何事も永遠には続きませんからね」

そのとおりだわ、とルーは悲しくなったが、レディ・ペリンに次々に用事を言いつけられるのでくよくよ考えている時間はなかった。

花屋やケータリング会社のスタッフが次々に到着して、またたく間にパーティの準備ができていくのを見るのは楽しかったが、同時にこんなことをしなければならない立場にならずにすむことに安堵《あんど》感を覚えずにはいられない。でもシンディのような女性には、こんなことは朝飯前なのだろう。

アレックスはゴルフから戻ってすぐに風呂に入り、着替えをすませたので、心置きなくバスルームを独占してパーティの支度にかかることができる。

香料を垂らしたバスにゆっくり浸《つ》かり、手足に服と同色の赤いマニキュアをして、念入りに化粧をした。ドレスの胸の部分には下着がついているので、服以外に身につけるのは白のシルクのパンティとストラップの赤いハイヒールのサンダルだけだ。

ルーは大きく深呼吸してタフタのドレスを頭からかぶり、ジッパーを上げた。一歩下がって古風な化粧台の鏡に全身を映してみる。

そこにいるのは見慣れない自分だった。シャドウを施したまぶた。赤く塗った唇。大きく開いたドレスの胸元は、恋人の手のように小さめの胸をぐっと持ち上げている。情熱的な赤い色が肌の白さを強調し、動きにつれて釣り鐘のようなスカートが揺れる。ノックの音がしてアレックスが声をかけた。「入ってもいいかな?」

「ええ、どうぞ」

彼はルーを見て立ち止まり、口笛を吹くと「とても……きれいだよ」とハスキーな声で言った。

あなたもすてきよ、ブラックタイの正装がよく似合うわ、とルーは思ったがとても口には出せない。

見つめられて、ルーは赤くなった。「ありがとう。お世辞だとはわかっているけど」

「そろそろお客様が来るから下りてくるようにとセリーナが言っている」彼はポケットからビロードのケースを取り出した。「それから君にこれを」

箱の中のものを見たルーは息をのんだ。真ん中に大きなルビーを配したダイヤのチョーカーだ。

「すばらしいものだけど……もらえないわ」

「君は僕の妻だよ。夫として贈り物をする権利がある。今夜僕のためにこれをつけてくれ」彼はチョーカーを取り出し、ルーの首にかけた。「さあ」

信じられない思いでルーはそっと宝石に触れてみた。アレックスは後ろに立って鏡の中の彼女を見ている。肩に置かれた彼の手が震えているのに気がついてルーはショックを受けた。ランプに照らされた彼の顔はなんだかやつれて、頬がこけて見える。緑の瞳だけがぎらぎらとした光を放っていた。

ルーは息がつまる思いでやっとかすれ声で言った。

「もう行かないと。お祖母様がお待ちだわ」

「ドレスのフックが留まっていないよ」

「手が届かないの」

「僕が手伝おう」アレックスは鏡の中でルーにほほえんだ。「滑り落ちでもしたら大変だろう?」

ルーは何も考えられなかった。彼の指がむき出しの背中に触れると下唇をかみ締めて思わずもれそうになる声を押し殺す。

「ありがとう」それだけ言って華奢《きやしや》なバッグを手にすると、衣擦《きぬず》れの音をたててドアの方に急いだ。階段まで来るとアレックスが腕を差し出し、二人は並んで下りていった。

グレーのレースの服にパールをつけたエレガントなセリーナが巨大なホールで二人を待っていた。その横に不機嫌な顔をしたクリフと、ブルーのチュールがたくさんついたドレスを着たデラがいる。

「自慢していた結婚式の長いベールを染めたのかな」アレックスがささやいたので、ルーは思わず笑った。緊張がいっきにほぐれていく。

パーティは人がいっぱいで誰が誰だかわからないほどだった。親しみを示してくれる人もいるし、好奇心むき出しの人もいる。アレックスにたくさんの人を紹介されたが、とても名前は覚えきれなかった。

音楽が始まると彼はまず祖母をダンスフロアに誘い、ルイーズは白髪の紳士にダンスを申し込まれた。

何人もの人が次々にダンスの相手をしてくれる。見知らぬ同士が会話を交わし、チキンやキャビアをつめた小さなパイを食べ、シャンパンを飲んでいた。

慣れない雰囲気の中でルーはおどおどしながら長身の明るい褐色の髪のアレックスをずっと目で追いつづけた。彼もまた、ルーの視線を探しては目だけで笑い返す。それを見るたびに彼女の心は高鳴った。

「うんざりねえ」いつの間にかそばに来たデラが話しかけてきた。「これがダンス？　ディスコはないのかしら」

「祖母はディスコが嫌いでね」突然アレックスが二人の背後に現れた。「ダーリン、僕らの番だ」

スローなうっとりするような音楽が流れてきた。二人はリズムに乗って床を滑るように踊り出す。アレックスの頬がルーの髪にぴったりと押しつけられた。二人のまわりの空間は次第に広がって、人々は遠巻きにアレックスと新妻を眺めている。ダンスが終わると彼はルーの頬にキスをして、その手を唇に持っていった。見ていた人々から拍手が起こる。

だがルーを見る彼の瞳は優雅な仕草とは裏腹に、ぎらぎらとした欲望をたたえていた。今夜、君は見せかけだけの妻ではなくなると、彼の瞳は言葉以上に雄弁に語っていた。拒んでも許されないことをルーは直感的に悟った。体が震え、彼を求める思いでその場に崩れ込みそうになる。同時に怖かった。今まで経験がないのだから。こんな年になってもまだ処女であることが少し恥ずかしくもあった。

怖いのは彼に体を征服されることではなく、気持ちまで完全に奪われることだ。一度そういう関係になったら、心まで永遠に彼のものになってしまう。

ルーは内心怯《おび》えながら、帰っていく客たちに彼と並んで挨拶《あいさつ》をした。セリーナが勧めるコーヒーとサンドイッチをアレックスが断る。もう逃げ隠れできる場所はない。彼女は静かにセリーナにおやすみを言い、アレックスに手を取られて、現実——たぶん最終的に自分を失意に導く出来事が待つ二階の部屋に向かった。パーティの間ルーを取り囲んでいた夢のような状況はもう彼女を守ってはくれなかった。

部屋の中央に立ち、身を守るように自分の体を抱き締めていると、アレックスは上着やタイを取り、シャツのボタンをはずしはじめた。

「待って……もう少し時間がほしいの」

「どうぞ。僕が服を脱ぐまでは」

「ここで……脱ぐの？」

「そうさ。だがそこで見ている必要はないよ。君が石みたいに固まっているのを見たくはない」

ルーは化粧台の前に立ち、その上にある手鏡の表面を神経質にいじっていた。

ついに彼がルーの後ろに立ち、パーティの前にしたように肩に手をかけた。ランプの灯《あか》りでそのたくましい胸に、細い腰の線にくっきりと陰影ができている。薄いタフタの布地越しに体温が感じられる。

「アレックス、お願い。やめて」

「やめるって、こんなことを？」彼はかすれた声しか出せずにいるルーの首筋にキスをした。「それともこんなこと？」今度は肩先に唇が押しつけられ、ルーは思わず体を震わせた。

「僕には君の声が聞こえるもの。今夜ずっと、僕は君の目を見ていた。君が僕に触れる感触を感じていた。僕の腕の中で君がどんなかを感じていた。それは君にもわかったはずだ」

指が背中の小さなフックにかかる。ジッパーが下げられ、赤い花弁のようなドレスの上半身が脱がされる。胸を隠そうとするルーの手をアレックスはそっと引きはがした。

「どんなにこの時を夢見ていたか」熱に浮かされたような声だった。「こういう君を見たかったか」ドレスが引っ張られ、床に赤い水たまりのように広がった。ルーがそこから足を踏み出すと、アレックスは光る赤い布地をスツールの上にほうり投げる。

「さあ、僕を拒めるのなら、そう言ってごらん」

腕が伸び、温かい体に抱き取られたルーは、足が震えて立っていられず、彼の胸に頭を預けた。

鏡の中の自分を、ルーは見ていた。指が胸に伸びると息ができなくなる。もう一方の手がヒップの丸いカーブを捉《とら》え、アイボリーシルクを押しやった。

鏡の中の自分は他人だった。半ば目を閉じてばら色の唇を開いて体をよじっている女。裸身を飾るのは喉元のダイヤのネックレスだけ。その中央でルビーが血のように赤く光っている。

アレックスは片膝をついてひざまずき、ルーのサンダルを脱がせると敏感な土踏まずにキスをした。

唇はそこから足首へ、さらに上へと上がっていく。蝶々《ちょうちょう》の羽が触れるような微妙なキスは、ルーをじらせながら、決して満足させてはくれない。

訴えるようなうめき声をあげはじめたルーを、彼は抱き上げてベッドに運んだ。隣に横たわり、ルーの顔を両手にはさんでじっと目を見つめた彼はやがて飢えたように情熱的に唇を求めてきた。ルーは熱っぽくそれに応《こた》え、彼の髪に指を差し込んで、あえぎながら夢中で体を押しつけた。

アレックスは顔を上げ、ゆがんだ微笑を浮かべてルーを見た。「そんなにあせらないで。君が今日のことを一生覚えていてくれるようにしたいんだ」

忘れるものですか、とルーは叫びたかった。今夜のことは一つ残らず私の血に刻みつけるわ。あなたのひと言ひと言、キス、手の感触、全部を。

アレックスは再びルーの体にキスをしはじめた。一方で手が腰に回され、ゆっくりと下りていく。指先が動くと熱い血のざわめきが火の軌跡となって残されていく。ルーは耐えきれずに頭をのけぞらせた。待っていたところにそれが届くと、今度は白熱のような欲望がかき立てられ、震える長いため息がもれた。体の奥に小さく脈打つものが生まれてそれが次第につのり、やがていっきに弾《はじ》けた。波のように次々に押し寄せる未知の感覚に翻弄《ほんろう》されて、失神する、いや、死んでしまうかと思うほどだった。

嵐《あらし》が去ったあと、ルーの頬には涙が残っていた。アレックスは唇でそれをぬぐうと、かわいいよ、すてきだ、美しい、いい子だ、とささやきかけた。

しばらくぐったりしていたルーは、これまで知らなかった本能に導かれて彼に体を寄せ、にっこりとほほえんで体全体で誘いかけた。

「ダーリン」その声は震えていた。「大丈夫？　君を傷つけていないかい？　やめてもいいんだよ」

ルーは返事の代わりに彼を引き寄せ、わずかに開いた唇を押しつけて自分から舌をからめていった。一生忘れない夜にすると彼は約束してくれたけれど、彼にとっても忘れられない夜にしたかった。

全身が根こそぎさらわれるような熱い嵐がやがて去ると、二人は並んで横たわり、キスを交わした。

アレックスはひじをついて半身を起こし、ルーの片方の乳房をもてあそびながら言った。

「ミセス・ファビアン」からかうような優しい口調だが声は少し震えている。「おめでとう。適性検査には立派に合格だ。次は上級コースを勧めるよ」

ルーはなまめかしく伸びをした。「それはいつから始まるの？」

彼はうめき声をあげた。「ダーリン、僕を誘惑するつもりかい？」

「誘惑できるかしら？」

アレックスはルーの手を取ってキスをした。「もちろん。でもそれをしたら僕のわがままになるな」

床に落ちてしまった布団を拾ってルーの体にかけると、彼はそのままルーを抱き締めた。「少しお休み。体を慣らさないと」

「セックスに？」こんなに自然ですてきなことなのに、そんな必要があるのだろうか、とルーは困惑を覚えた。

「いや、恋人を持つことに、だよ」

私は疲れていないわ、と言おうとしたが、自然に目が閉じていき、ルーは彼の胸にもたれかかった。こんなにリラックスしたのは初めてだった。

「おやすみ」額に唇が当てられるのがわかった。

眠りに引き込まれる寸前、突然奇妙にはっきりと、彼が一度も〝愛している〟と言わなかったことがルーの脳裏に浮かんだ。続いて、愛されてはいないのだ、という思いが襲いかかり、水をかけるように彼女を正気に引き戻した。

11

　その思いは金色のタペストリーに織り込まれた黒ずんだ糸のように夢の中にも残り、翌朝目を覚ました時にも心におりのように引っかかっていた。

ルイーズは横になったまま思いに身をゆだねた。頭も心も警戒するように告げているのに、体だけはこれまで経験したことがないくらい満ち足りている。前夜の出来事の一部始終が断片的に記憶によみがえり、ぞくぞくする気持ちを新たにかき立てていた。

　寝返ると横でアレックスが眠っていた。長いまつげが頬に影を落とし、厚い胸が規則的に上下している。ルーはそっと布団をはいで彼の全身を眺めた。

　服を着ていても裸でもすてき——新たな欲望にため息がもれそうになるのを抑え、彼の胸にそっと触れてその先端にキスをし、手をおずおずと肋骨《ろっこつ》に、みぞおちに、さらに下に、移動させていった。

「そこでやめないでくれ、お願いだから」ささやくような声が聞こえた。

　ルーはあわてて手を引っ込め、真っ赤になった。いつから眠ったふりをして観察されていたのだろう。

「昨夜は僕を見ることさえ恥ずかしがっていた慎《つつ》ましい女性は、どうなってしまったのかな？」アレックスは口元をほころばせた。

「あの……彼女は……死んで天国に行ったわ。ごめんなさい。起こすつもりはなかったのだけど」

「僕のほうが君を起こすつもりだった」彼は体の向きを変えて、そっとルーを抱き寄せ、「こんなふうに」と言いながらキスをしはじめた。

　それに応じるルーの喉の奥から、そのうちに声にならない息がもれはじめる。胸をそっといじられると、彼を求める思いで体が溶け出しそうだった。

唇を重ねたまま彼の名を呼ぶと、アレックスはゆっくりと侵入してきた。ルーは息をのんだ。彼の目を見つめたまま、ルーの瞳孔《どうこう》が開いていく。襲ってくる小さな、それでいて強烈な感覚はアレックスの動きが性急なものに変わるにつれてその性質を変え、ルーは断崖《だんがい》の淵《ふち》に立っているような感じにとらわれた。それが永遠に続いているように感じられたころ、今度は目がくらむような新しい、経験したこともない世界が開け、ルーは泣きそうになりながらその歓《よろこ》びの中にまっさかさまに落ちていった。

汗に濡《ぬ》れた彼の胸に顔を押し当てて絶え絶えに息をついていたルーは、やがてあえぐように言った。

「でも、あなたは……あなたのほうは……」

アレックスの唇が髪に押し当てられる。「僕は待てるから。君のために」微笑を含んだ声だ。

ルーは顔を上げ、うっとりとアレックスを見る。

「じゃあ、もう一度?」

「できれば。君がいやでなければ」

「そんな……ちっとも」

アレックスはルーをしっかりと抱き寄せ、ため息をついて言った。「僕らはどれだけ時間を無駄にしたことか。昼も夜も、君に拒まれるのが怖くて、近くにいる勇気がなかった。少しでも僕を求めているサインを出してくれないかと期待したが、そんな様子は全然なかった」彼は首を振った。「昨夜だって、拒まれるのではないかと怖かった。君がまだあの最低な男を忘れられないのではないかと思っていた」

ルーは彼の肩に唇を押しつける。「デイビッドの悪口は言わないで。彼とは何もなかったのだし」

「わかった」アレックスの腕に力が入った。「だが僕がこんなに君を求めているのに、彼がやすやすと君を手放したのが信じられなかった。だから彼が訪ねてきたのを知って、我を忘れたんだ」

じっと黙っていたルーは口ごもりながら言った。

「でもあなたには……ルシンダが……。ホテルの前にいるのを見たわ。あなたは否定しなかった」

「肯定も否定もする気になれなかったからだ」アレックスの口調が急に荒くなった。「その時にすぐ話すべきだったが、あいつが出ていくのを見て、しかも君がシャワーを浴びたばかりの挑発的な格好で出てきたから……。気が変になりそうだった。だがシンディのことが気になるのなら、ちゃんと話すよ。いっとき会っていたのは事実だ。自慢できる話じゃない。だが君に会うずっと前に終わっているし、関係を蒸し返そうと思ったことは一度もない」

「でもあの時……」

「会ったのは事実だ。はかられたんだ」

「え？」

「ベンチャーに投資してくれないかと知り合いに頼まれて呼び出された。投資を受けるのを人に知られたくないが、あのホテルなら人目に立たないからと言ってね。気が進まなかったが、僕は出かけた。行ったとたんおかしいと思ったんだ。彼はなんだか落ち着かず、ちっとも話がはっきりしない。急いでいるからこれで、と帰ろうとしたら、電話をしてくるから待っていてくれと頼まれた」

アレックスはため息をもらした。

「もちろん、帰ってこなかったよ。シンディが笑顔で現れて、レストランに席が取ってある、しかも部屋も予約してある、と言った。興味がないと断って帰ろうとしたが、しつこく外まで追ってきた。もうほとぼりはさめたから、よりを戻そうと言うんだ。用心すればピーターには勘づかれないと。君の旦那《だんな》さんのことももちろんだが、僕だって今は結婚している、と言うと、彼女は笑って、本気で君と結婚したはずはない、ほかの人たちだってそう思っている、と言った。それで頭に来て銀行に帰った。たった一時間ほどの間のことだよ。今後シンディの電話はつながないでくれ、と頼んで家に戻ったんだ」

ルーはやっとの思いで尋ねた。「彼女を……愛していたの？」

「いや、そんな言い訳さえ僕にはない。セックスだけの関係だった。長続きするはずもない」アレックスは優しく顔にかかるルーの髪をかき上げた。「ルイーズ、あそこで君に会うなんて思っていなかった。疑うなら、バーのスタッフや玄関のボーイにきいてくれてもいい。本当だとわかるよ。だが……状況だけを捉《とら》えて誤った判断をしたのは僕も同じだ」彼は言葉を切った。「ただし、サンダーズがもう一度君の前に現れたら、今度こそただではおかないからな」

「デイビッドは誰かに慰めてほしかったのよ。大丈夫、うまく行くから、と言ってもらいたかったのだわ。でも私からはそれがもらえないとわかったから、もう二度と来ないと思うわ」

アレックスは頭を下げて、ルーにゆっくりと、深いキスをした。それに応じてルーは体を寄せ、彼に触れはじめる。手の動きを次には唇が追った。

彼女は夢にも思っていなかった形で彼を楽しんだ。そして、彼がそれに反応し、自分を求めてうめき声さえあげることを発見して、驚きを覚えた。

突然、アレックスは仰向けになり、ルーのウエストを捉えて自分の上に引き上げ、ゆっくりと入ってきた。

今、彼はルーの、そしてルーは彼のものだった。お互いを求める、苦しくなるほどの思いがすべてになり、言葉も笑いも消えた。ルーは引き裂かれるような歓喜に思わず声をあげ、それに応《こた》えるように彼も声をあげるのを聞いた。そのままぽっかりと開いた闇《やみ》にまっさかさまに落ちていったルーは、気がつくとアレックスの腕の中に、しっかりと抱きとめられていた。体をからめ合うと、何もかも忘れてしまいそうな平和な満足感がルーの心を満たした。

やっとルーが目を開けた時、外はすっかり明るかった。隣には誰もいなかった。はぐらかされたような失望を覚えて彼女はゆっくりと身を起こした。乱れた髪をかき上げた拍子に、まだチョーカーをつけたままなのに気づく。それに呼び起こされた前夜の記憶に顔を赤らめて、彼女はチョーカーをはずし、ビロードの箱に戻す。

枕《まくら》にもたれてゆったりと伸びをした時、ノックの音がしてミセス・ジロウが盆を持って入ってきた。

「おはようございます、マダム」彼女はあわてて布団に入ったルーに声をかけ、カーテンを開けた。日差しが部屋いっぱいに明るく差し込む。「今日もいいお天気ですこと。アレックス様は奥様とお食事をとっていらっしゃいますが、これをマダムにお持ちするようにと」窓辺のテーブルに置いた盆を示した。

それはオレンジジュースと半熟卵、トーストとお茶に、小さなクリスタルの花瓶に入れたばらだった。

「まあ……ありがとう」ルーはさらに深くベッドにもぐり込んだ。狼狽《ろうばい》しているルーに同情したのだろう。ミセス・ジロウはガウンを取ってきて足元に置いてくれた。「ほかにご用は？」

「い、いいえ」ルーは赤くなって口ごもった。

一人になると、ルーはガウンを着てテーブルに近づいた。花瓶に小さなカードが立てかけられている。

〈ぐっすり眠っていて起こすのはかわいそうだった。昨夜《ゆうべ》使ったエネルギーを補充する必要があると思うのでこれを。A〉

オレンジジュースは絞りたてで、トーストは半熟卵をつけて食べやすいように細長くカットしてある。信じられないくらい空腹なことにルーは気づいた。

本当なら朝食は一緒にとりたかった。これから共に歩む人生の最初の朝なのだから——もし、昨夜の彼の行動や言葉がそれを意味するものだったら。だが、そう取ってはいけないのだろうか。

私を求めていた、と彼ははっきり言った。そして心に秘めていた熱い思いは、私の決意を簡単に崩れさせてしまった。いちばんそれが必要とされた時に……。彼に抱かれてしまった今、もう引き返すことはできない。ずっと彼を遠ざけていたのに突然あんなふうに私が屈服したことが、今は彼の興味をそそっている。見せかけだけの妻のはずだった私が、意外にもそれまでのよそよそしい態度をかなぐり捨てて積極的に情熱的に応じたのだもの。

でもそれ以上に発展する可能性はあるのだろうか。彼が将来をどう考えているのか、私にはつかめていない。そこに私の場所はあるのかしら？

彼は望みを達成してこの家を手に入れた。私に求められていた役割は終わったのだから、結婚を続ける必要は彼にはもうないのだわ。

昨夜彼が私に味わわせてくれた喜びは、約束のお金に加えられたボーナスでしかないのかもしれない――ルーは不安な表情で立ち上がった。ともかく彼と話してみなければ。それもできるだけ早く。

風呂に入って麻のスカートと青い袖《そで》なしの絹のトップを着たルーは髪をとかし、少し腫《は》れたように見える唇に自然な色の口紅をさした。

自分がいつもと違って見える、と思う。疲れて見えるのは当然として、瞳が今までとは違う輝きを帯び、それと同時に今まで知らなかったもろさをたたえている。

廊下に出ると、スーツケースを引きずって歩いてくるデラに会った。

「あら、もうお帰りなの？」

デラは肩をすくめた。「クリフの賭《かけ》がうまくいかなかったのだから、もうここに用はないわ。あのおばあさんはそう簡単には手玉に取れないって私が忠告したのに、聞かなかった彼が悪いのよ。彼はさっき、ものすごく不機嫌な様子で先に出ていったわ」

「そう……南アフリカに帰るの？」

「私はね。彼はどうするかしら。まずい人たちに多額の借金もしているし」彼女はルーを見て眉をひそめた。「寝ていないような顔ね」からかうような意地悪な響きがあった。「ご主人は今ご機嫌がよさそうだから、クリフィーに借金を申し込ませようかしら。家を手に入れられなかったからせめて」

「がっかりした？」ルーは赤くなった自分を意識してぎこちなく尋ねた。「すてきな家ですものね」

「私の趣味じゃないわ」彼女はそっけなく言った。

「自分たちで住む気なんかなかったわ。ホテル兼ヘルススパに改造できる物件を探している人がいるの。せっかく大金が手に入るはずだったのに、そっちの計画もおじゃんだわ。そうだ。計画っていえば、赤ちゃんの話、あなたに運が向くように願ってるわ。私が断ったらクリフは激しく怒ったけど、あなたは体形が崩れても気にしないのかしら」

「赤ちゃん？」ルーはゆっくりと繰り返した。「いったいなんの話？」

「あら、ご主人に聞かなかった？」デラは意地悪な表情を浮かべた。「まあ、驚かないけど。この家をもらう条件の一つよ。彼女、自分が死ぬ前に見たいんでしょ。クリフははっきりそう言われたらしいわ。産んでくれと言われたけど、ごめんだわ。たかが家のためにそんなこと。でも男って何かを手に入れるためとなったら、ひどいことを平気でするのね。特にこの家族は。私はこれ以上かかわるのはごめんだわ」

驚いて黙り込んだままのルーの肩を彼女は叩《たた》いた。

「まあ、あなたは頑張ってね。少なくともそれまでの過程が楽しいのは事実だもの。それに生まれた子は贅沢《ぜいたく》な環境で育てられるんだし」

彼女はスーツケースを引きずって階下に下りていった。ルーは手すりを固く握り締めて階段の上に立ち尽くしていた。ショックと痛手で神経が麻痺《まひ》したように何も感じられない。

アレックスはいつ、私を誘惑した真意を打ち明ける気なのだろう。それとも隠しつづけるつもり？　なぜ愛していると言ってくれないのだろうと思っていたけれどそのわけがわかった。あまりに傷ついて、心がばらばらになってしまいそうだった。

愛していると嘘《うそ》を言わなかったのは彼なりの思いやりかもしれない。だが、見せかけだけの妻の役から一夜にして便利な子宮の役に転じさせられたことはまぎれもない事実だった。

そんなにまでしてこの家がほしいのだろうか。どうやらそうらしい。そしてそのために私を犠牲にすることをなんとも思っていないのだわ。私にそれだけの価値しか認めていない。シンディを都合がいい時に利用したように、私を利用しているだけ。

一瞬ルーはシンディに同情を覚えた。彼女はアレックスを本気で好きだったのかもしれない。どんなことをしても取り戻したいと思ったのかも。でも、私にはそんなまねはできないわ……。彼に差し出す気がないものを無理やりねだったりはできない。でも、これ以上彼に利用されるのはいや。

こちらからきっぱりと彼に別れを告げよう。ルーは急いで部屋に戻り、荷造りを始めた。だがドレスとネックレスは持っていくつもりはなかった。二度と見たくない。見たら自分がいかに愚かだったかを思い出すだけだから。

背後でドアが開く気配がした。手が肩に置かれ、唇が首筋に押し当てられるより先に、ルーにはそれが誰だかわかっていた。思わず体が震えるのと戦いながら、ルーは銅像のように立っていた。

「やあ」アレックスはルーを自分の方に向かせた。

「君の顔が見たかったよ」

じっとしているルーの唇にキスをした彼はスーツケースに気づいた。

「もう帰り支度？」驚いた声だった。「お祖母《ばあ》様は、せめてランチを食べていくようにと言っているよ。この家のことを話したいんだろう。自分の判断が正しかったと、確認したいのかもしれない」

「それならあなたが安心させてあげればいいわ。一つだけは、あと一、二カ月待たないとはっきりしないでしょうけれど」

「それはなんの暗号だい？」

「しらばっくれないで」ルーは彼から身を振りほどくように後ろに下がった。「昨夜、私たちは無防備でセックスをしたことに気がついたの」

「そうかな？」急に彼は眉をひそめた。「僕らは愛を交わし合ったと思っていたけど」

「言葉の遊びはもうたくさん。同じことだわ」

「いや、そうではない。だがその議論はあとにして、何かそのことに問題でもあるのかな？」

「私が……妊娠した可能性もあるわ」

彼は黙って目を細め、ルーを見ていたが、やがて言った。「そうだね。でもそれがそんなに大問題かな？　僕らは結婚しているんだよ。忘れた？」

「それでも……なぜ予防手段を使ってくれなかったの？」

「何も持っていなかったからね。積極的な女性に会った時に備えていつもコンドームを持っているとでも思ったのかい？　しかも君は僕を避けつづけていたから、あんなことになるとは予想もしていなかった。だが君こそどうして急にそんなことを？　ゆうべは君だってあんなに……なぜ今になって？」

「ゆうべはそんなことを考える余裕もなかった。あなたが……すばらしかったから。朝になって、とんでもないことをしたのにやっと気がついたの」

彼は長い間黙り込んでいたが、ゆっくりと言った。

「僕の子供を妊娠するのがそんなにおぞましいことかい？」

ルーの脳裏に突然、赤ちゃんを腕に抱いた優しげな表情のアレックスの姿が浮かび上がった。

いいえ、違うの。でも……いいえ。

ルーは自分を励まして彼の目を見返し、冷静な態度ではっきりと言った。「赤ちゃんのことは契約に入っていないわ。この家は手に入ったのだからもういいはずよ。お祖母様が違う条件を持ち出したとしても、それはあなただけの問題だわ」

「何を言っているんだ？」

「子供のことよ。デラから聞いたの。新しい条件があるって。それとも否定するつもり？」

「いや、何も否定はしない。この家は子供にとってすばらしい場所だ。セリーナも僕もそう思っている。デラはほかにには何か言ったかい？」

「この家のために妊娠させられるのはごめんだと断ったって。でも私には選択の余地さえなかった」

彼は真っ青だった。「本当にそんなふうに思っているのか？　僕のことを種馬のように？」

心の中で泣きながら、ルーは肩をすくめた。「私はそんなことは言っていないわ」

彼は見知らぬ人間を見るように、口元をこわばらせてルーを見ている。「信じられない。昨夜あんなに温かくて優しく、かわいかった女性がそんなことを言うなんて」

「彼女は目が覚めたの。そして現実を知ったのよ」

「現実？　それがほしいのか？　そうか」彼は息を吸い込んだ。「選択肢がほしかったと君は言うが、それなら今選べばいい。契約で決めた取引か、それとも、昨夜やっと始まったと僕が思っている、僕らの結婚かを」

ルーは身を守るように腕を体に回した。

アレックスはそれを見て静かに言った。「そうか。つい数時間前、君は僕に体を貸しただけなのか」

「どうかしていたのよ。でも正気に戻ったの。自分の人生を取り戻したいの。初めの約束どおり」

彼は無表情にうなずいた。「これから何を？」

「ロンドンに戻って……どこかホテルに移るわ」

「ベルメインがいいよ。ベッドがすばらしいと聞いているし。金は口座に振り込む。君の魅惑的な体を不当に使わせてもらった分も加えておくよ」

ルーは血が出るほど強く下唇をかんだ。石を投げたために雪崩を引き起こしてしまったような気分だ。何もかも制御できないまま、自分が破滅と絶望にものすごい勢いで運ばれていく。もう少し違うやり方を取ることもできたのに。時計をもとに戻せたら。

「もし……子供ができていたら？」

アレックスの微笑がむちのようにルーを打ちのめす。「その時は君が好きな方法を取ればいい。請求書は僕に回してくれ」

否定された苦しさで、大声をあげたかったが、ルーはその代わりにきっぱりと顔を上げた。「そうね。さあ、出ていって。私は荷物を作るから」

ワードローブに向かいかけるルーを彼は腕に手をかけて引き止め、そのまま彼女の体を軽々と持ち上げてベッドの上にほうり出した。

「君が僕を忘れないように、あげたいものがある」

「アレックス」のしかかってジーンズのジッパーに手をかけようとするアレックスに、ルーは半分泣きながら言った。「やめて、そんなこと……」

彼はルーを見下ろした。表情から怒りが消えて、ひどく疲れたような顔に変わっていく。

「そうだな。君は運がいい。こんなことをすれば僕は一生自己嫌悪を抱いて生きないといけないからね」彼の瞳は軽蔑《けいべつ》で輝いていた。「君も同じことを言えるのかどうか、僕にはわからないけれど」

口に手を当てて、横たわったまま見つめるルーを残して、彼は去っていった。

　これで終わりだわ――苦悩がルーの心を引き裂いた。私は彼を失ってしまった。「なんていうことをしたのだろう。ああ、神様」

　自分を励まして荷造りを終えるまで長い時間がかかった。ノックの音にルーは彼が戻ったのかとはっとしたが、そうだとしても何があると言うのだろう。

　彼と暮らすことはできない。でも、彼なしで、どうやって生きていけばいいの？

　だがそれはアレックスの車が待っていることを告げに来たミセス・ジロウだった。お礼を言ったルーは手が震え、鞄《かばん》のジッパーを閉めることもできないほどだった。

　階段を下りていくと玄関のドアは大きく開いている。このまま黙って逃げ出すのは簡単そうだった。

だが下まで下りると客間からレディ・ペリンが姿を現した。

「ルイーズ、挨拶《あいさつ》もしないで帰るつもりだったのではないでしょうね」厳しい口調だ。

「い、いえ……もちろんそんなことは」

「中に入っておかけなさい」

　ルーが部屋に入ると、何か話がある様子で、彼女はドアを閉め、ルーの前に腰を下ろし、鋭い目でじっとルーを見た。

「出ていくのですって。孫から聞きましたよ。お金を受け取って逃げ出す、とか言っていたけど」

　ルーはショックで思わず口を開ける。「まさか……知っていらしたんですか？」

「ナンセンスな取引のこと？　もちろん。アレックスが最初に結婚の話をした時、全部打ち明けましたよ。子供のころから私には隠し事をしない子でしたからね。それに今回の件は私にも責任があるし。アレックスの生き方や配偶者の選択に、私が口をはさんだのは間違いでした。私が挑発したら、結果がどうでも彼は絶対に受けて立つということは当然わかっていたのに」

ルーは姿勢を正した。「無理やり彼を結婚に追い込んだのを反省したから、この家を彼に譲ると決められたんですか？」

「とんでもない。アレックスが望めばここは譲るつもりでしたよ。そのことは彼も知っているはず」

ルーは困惑した。「それではクリフは？　彼はなぜ自分にもチャンスがあると思ったのでしょう？」

「勝手な思い込みでしょうよ。架空の会社に私が投資してくれると考えたのと同じようにね」彼女は辛《しん》辣《らつ》につけ足した。「血は争えないものね。彼のおじいさんとそっくり。数倍ハンサムでもっとチャーミングでしたけどね。その人を好きだと錯覚していた時期もあったけど」なつかしげに彼女はほほえんだ。

「私はいとこのアレキサンダーと婚約していたのですよ。幼なじみだったから、ロマンチックな気持ちは持てなくてね。だからアーチーは余計にすてきに見えたのかもしれない。彼が私より銀行のお金に興味があることが早くわかったのは幸運でしたよ」

ため息をついて続けた。

「彼が国を追われた時はつらかったわ。両親はそんな私を見て結婚の日を早めたの。ところがいざ結婚してみたら、アレキサンダーは夢にも思わなかったような情熱で私を愛し、慈しんでくれたのですよ。そして私も、全身全霊でその愛に応えました。自分でも意外だったけれど。パーティでアレックスがあなただけを目で追っているのを見て、昔のことを思い出しましたよ。アレキサンダーも私が世界の中心にいるような目で見てくれましたっけ。あの子はそういう子です。中途半端はあり得ないのですよ。あの子の思いがかなうよう、私は祈っていました。けさ夢の中にいるような顔で現れて、私の話もろくに聞こえない様子の彼を見て、それが実現したのだろうと思っていました」

ルーは髪のつけ根まで真っ赤になった。「レディ・ペリン」

「おや、お祖母様と呼んではくれないのですか？」

ルーは膝の上で組んだ両手を見つめて低い声で言った。「アレックスは私を愛してなんかいません。家をいただくために結婚しただけです。私、そんなのには耐えられません」

「あら、聞いていないの？　この家の相続権をあの子は放棄したのですよ。結婚の話をしに来た日に」

「そんな。嘘だわ。あんなに望んでいたのに」

「そんな時もあったわ。もっと大事なものを見つけるまでは。あなたに会うまでは、ね。彼は喜んでそうしたのですよ」

「ではこの家は……まさかクリフが……」

「とんでもない。アレックスの提案で不幸な子供の面倒を見ている慈善団体に寄付すると決めました。あの子と相談して維持費を出すためのトラストを設立しようと思っています」

「では……デラが言っていたことは……この家に子供を見たいとクリフにおっしゃったのは……」

「ちょっと意地悪でしたかね。クリフが野望のためにどこまでやるのか知りたくてね。奥さんの不用意な言葉で、答えはすぐに出ましたけれど。でもね、あなたとアレックスの仲を裂くつもりはなかったのですよ」

「まあ……」ルーは両手で顔を覆った。「お祖母様、私、彼に本当にひどいことを言ってしまいました」

「そのようね。さっき私のところに来ましたよ。あんな寂しい顔を見るのは子供のころ以来だったわ」

ルーは立ち上がった。「彼はどこでしょう？」

「湖に。フランス窓からテラスに出れば早いわ」

アレックスは水辺に立っていた。光る水面を背にその長身はわびしく、暗く浮かび上がって見える。ルーの呼びかけに振り向いた彼は青ざめ、ひどく疲れきって見えた。

「ききたいことがあるの」

「さっさと言って、消えてくれ。見てのとおり、僕は拒絶されるのは得意じゃないんでね」

「なぜ……話してくれなかったの？」

「話すべきだったのに言わずにいたことはたくさんある。どの件のことだい？」

「この家のことよ。なぜ相続を放棄したの？」

「わからないかい？」

「わかる気はするし、そうだといいと思うけれど、あなたの口から聞きたいの」

「家が僕のものになれば今後ずっと君との間にしこりが残ると思ったからだ。君が、君だけが僕はほしかった、と言える立場でいたかった。この家をもらってしまったら、君は心のどこかで、僕に道具として使われたと思うかもしれない。そんなリスクを冒すのはいやだった」

「でも大好きな家なのに。まだ遅くはないわ。今からでも二人でお祖母様のところに行って……」

「いいんだ。二人で新しく家を捜して、そこで僕らの家庭を築きたい」

「あんなひどいことを私に言われて、なぜ黙っていたの？　本当のことを言ってくれさえしたら……」

　アレックスの口元がゆがめられた。「プライドかな？　それにかんしゃくだ。これからはこの性格を直すように気をつけるよ。それに、君は僕を傷つけるだけのパワーを持っている。君のようにずばりと核心をついて僕を批判する女性は初めてだ。それで余計にかっとしてしまうんだろうな。愛にこんな面があるなんて、今まで知らなかったよ」

「愛、という言葉を、なぜ言ってくれなかったの」

「今日、朝食のあとで言おうと思っていた。手をつないで庭を歩きながら、頭から古着を降らされたあの時から君を愛するようになった、と告白するつもりだった。そのことに気づいたのは君をサマーセットに送ろうと決めた時だけど。傷つき、困惑しながら、一人で耐えている君を見て、抱き締めて慰め、一生大切にしたいと思った」

「そんなことを……」

「もっと不謹慎なことも考えたが」彼はほほえんだ。

「あの日私が断っていたらどうなったかしら？」

「サマーセットまで君を探しに行ったよ。君を僕の人生から去っていかせることなんかできない。今日だって同じだ。あとでまた追いかけるつもりだった。ルイーズ、僕が妻にしたいと思った女性は過去も、今も、君だけだ。死ぬまで愛するよ……さあ、今度は僕が聞く番だ」

ルーは彼の腕に身を投げかけ、首に腕を巻きつけた。「愛しているって？　ダーリン、何度そう言いたかったか」

優しく答えるように、アレックスのキスが下りてきた。ルーは全身全霊を込めてそれに応じる。

「もう一つ。君は妊娠しているかもしれない」

ルーは彼に笑いかけた。「さあ、それにはもっと練習が必要だと思うけれど」

「ではランチのあとですぐロンドンに戻って、今夜は早く休むことにしよう」

二人が家に向かおうとした時、ルーが言った。

「アレックス。白鳥だわ。私たちにお別れを言いに来たのね」

「うん」彼はルーに腕を回しかけて白鳥を見守った。

「白鳥は一生つがうのを知っていたかい？」

「本当に賢明だわ。ねえ、あなた」ルーは上を向いてアレックスにキスをした。

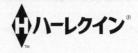

ハーレクイン・ロマンス　2004 年 6 月刊（R-1971）

キスはあなたと

2020 年 11 月 5 日発行

著　　者	サラ・クレイヴン
訳　　者	高木晶子（たかぎ　あきこ）
発 行 人	鈴木幸辰
発 行 所	株式会社ハーパーコリンズ・ジャパン 東京都千代田区大手町 1-5-1 電話 03-6269-2883（営業） 0570-008091（読者サービス係）
印刷・製本	大日本印刷株式会社 東京都新宿区市谷加賀町 1-1-1
装 丁 者	小倉彩子
表紙写真	© Lightfieldstudiosprod, Prochasson Frederic, Yana Bardichevska ｜ Dreamstime.com

造本には十分注意しておりますが、乱丁（ページ順序の間違い）・落丁（本文の一部抜け落ち）がありました場合は、お取り替えいたします。ご面倒ですが、購入された書店名を明記の上、小社読者サービス係宛ご送付ください。送料小社負担にてお取り替えいたします。ただし、古書店で購入されたものについてはお取り替えできません。®とTMがついているものは Harlequin Enterprises ULC の登録商標です。

この書籍の本文は環境対応型の植物油インクを使用して印刷しています。

ISBN978-4-596-55489-5 C0297

◆◆◆◆ハーレクイン・シリーズ 11月5日刊 発売中

ハーレクイン・ロマンス
愛の激しさを知る

塔に囚われたシンデレラ	ケイトリン・クルーズ／朝戸まり 訳	R-3533
炎の王子と白詰草の乙女	ダニー・コリンズ／中村美穂 訳	R-3534
少女が大人に変わるとき《純潔のシンデレラ》	スーザン・スティーヴンス／瀬野莉子 訳	R-3535
ブルー・ジャスミン《伝説の名作選》	ヴァイオレット・ウィンズピア／細郷妙子 訳	R-3536

ハーレクイン・イマージュ
ピュアな思いに満たされる

イブに目覚めた眠り姫	ジェシカ・ギルモア／北園えりか 訳	I-2633
灰かぶりの秘密	レベッカ・ウインターズ／泉　智子 訳	I-2634

ハーレクイン・マスターピース
世界に愛された作家たち
～永久不滅の銘作コレクション～

シャドウ マリッジ《特選ペニー・ジョーダン》	ペニー・ジョーダン／高木とし 訳	MP-9

ハーレクイン・ヒストリカル・スペシャル
華やかなりし時代へ誘う

公爵と氷の微熱	マデリン・マーティン／高山　恵 訳	PHS-242
誇り高き愛人	エリザベス・ロールズ／田中淑子 訳	PHS-243

ハーレクイン・プレゼンツ作家シリーズ別冊
魅惑のテーマが光る
極上セレクション

キスはあなたと	サラ・クレイヴン／高木晶子 訳	PB-289

※予告なく発売日・刊行タイトルが変更になる場合がございます。ご了承ください。

11月6日発売　ハーレクイン・シリーズ 11月20日刊

ハーレクイン・ロマンス

愛の激しさを知る

イブのプロポーズの真実	ジェニー・ルーカス／麦田あかり 訳	R-3537
あなたのいないクリスマス	キャシー・ウィリアムズ／中野　恵 訳	R-3538
花婿への愛は秘密 **《純潔のシンデレラ》**	ナタリー・アンダーソン／高橋美友紀 訳	R-3539
失われた愛を探して **《伝説の名作選》**	アン・メイザー／松村和紀子 訳	R-3540

ハーレクイン・イマージュ

ピュアな思いに満たされる

摩天楼のサンタクロース	ジェニファー・フェイ／小長光弘美 訳	I-2635
裏切りののちに **《至福の名作選》**	ミランダ・リー／古沢絵里 訳	I-2636

ハーレクイン・マスターピース

世界に愛された作家たち
～永久不滅の銘作コレクション～

聖夜には薔薇を **《ベティ・ニールズ・コレクション》**	ベティ・ニールズ／松本果蓮 訳	MP-10

ハーレクイン・プレゼンツ作家シリーズ別冊

魅惑のテーマが光る
極上セレクション

恋に落ちたシンデレラ	キャロル・グレイス／庭植奈穂子 訳	PB-290

ハーレクイン・スペシャル・アンソロジー

小さな愛のドラマを花束にして…

クリスマス三都物語 **《スター作家傑作選》**	ミシェル・リード 他／柿沼瑛子 他 訳	HPA-16

文庫サイズ作品のご案内

◆ハーレクイン文庫・・・・・・・・・・・・・・毎月1日刊行
◆ハーレクインSP文庫(お手ごろ文庫)・・・毎月15日刊行
◆mirabooks・・・・・・・・・・・・・・・・・毎月15日刊行

※文庫コーナーでお求めください。

“ハーレクイン”の話題の文庫
毎月4点刊行、お手ごろ文庫！

10月刊
好評発売中！

◆大人気シリーズ〈テキサスの恋〉、熱いリクエストに応えて再始動！

名作・ハート家の物語をお楽しみください。

『遅すぎた初恋』
ダイアナ・パーマー

断りきれず出席したパーティの帰り道、強盗に襲われた大牧場主ハート家の男性を助けたメレディス。だが、駆けつけた弟レイに娼婦とののしられ、愕然とする！

（新書 初版：D-989）

『幸せに続く道』
ペニー・ジョーダン

未婚の母となって家を追い出されたケイトは、娘とともに11年ぶりに帰郷する。待ち受けていたのは、娘がいるとは知るよしもないサイラスとの再会だった。

（新書 初版：R-723）

『こわれかけた愛』
ヘレン・ビアンチン

結婚直後に夫ニコスの愛人が妊娠したとわかり、カトリーナは屋敷を飛び出した。だがカトリーナの父親の遺言により、1年間ふたたびともに暮らすことになる。

（新書 初版：R-1809）

『美しき誤解』
アン・メイザー

億万長者ジェイクの冷たい求婚を受けて3年、ヘレンは寝室をともにしないまま完璧な妻を演じてきた。だがある夜、男性と外出したことにジェイクが激怒し…。

（新書 初版：R-35）

※お手ごろ文庫（ハーレクインSP文庫）は文庫コーナーでお求めください。